り腰を下ろすんだ」
彼の先端が媚肉を割ってゆっくり
進入してきた。
（あ……、あっ、大きい……。体の中が広げられてるみ
たい）

狼大公は偽物花嫁を逃がさない

桃城猫緒

Vanilla文庫

狼大公は偽物花嫁を逃がさない

contents

イラスト／八千代ハル

プロローグ　狂った運命

――どうしてこんなことに。

ルイーゼはかれこれ数時間、同じ問いを頭の中で繰り返している。

考えても考えても、どうしてこんなことになったのか理解ができない。

「おい、聞いているのか？　失敗すればお前は皇室侮辱罪で首を刎ねられるんだぞ！　いや、お前の首なんぞどうでもいい。儂だ、儂の領地が没収され身分まで剝奪されるかもしれん。おお、ゾッとする！　そんなこと絶対にあってはならん！」

向かいの席に座る五十絡みの男はひとりで騒ぎ立てて、ブルッと身震いした。ルイーゼはどんな反応をしたらいいのかわからず、ただ眉根を寄せて彼を見ている。

「ほら、そういう顔をするなと言っているだろうが！　怪訝そうな表情を浮かべるな、できないならずっと下を向いておれ！」

グイッと頭を押さえつけられて、ルイーゼは俯きながらますます眉間にしわを刻んだ。

（自分が失敗したくせに、勝手なことばっかり……！）

文句のひとつも言いたくなるが、相手は王国の宰相閣下だ。身寄りのない下女のルイーゼが、不平を述べていい相手ではない。

俯いた視線の先に見えるのは、生まれて初めて着た上質な絹タフタのドレスのスカート。編み上げリボンのついたサンダルの足の下には、金華山織のベルベットカーペットが敷かれている。

ここは、セロニオア王国の王家専用の馬車の中。本来ならば王家の者しか乗ることのできない馬車に、ルイーゼは王女のドレスを着せられ乗っている。

天涯孤独で、物心ついたときから風来坊のようにあちこちの国を転々としてきた下女のルイーゼが、何故王女の真似事をして王室馬車に乗っているのか。その発端は、今から二時間ほど前にさかのぼる。

とある小国の田舎で領主の屋敷の下女をしていたルイーゼは、その日も朝からせっせと洗濯に励んでいた。今日も仕事は山積みだ、これが終わったら屋敷中の掃除と繕い物が待っている。

この屋敷で働くようになって二年。ルイーゼの仕事量は日に日に増えていき、最近では朝から晩まで休む間もない。

屋敷には他に何人もの下働きがいるのに、彼女にだけ異常な仕事量が押し付けられるのにはわけがあった。

ルイーゼは美しかったのだ。ただ目鼻立ちが整っているだけでなく、どこかエキゾチックな雰囲気と得も言われぬ品性が滲(にじ)んでいた。

黒真珠を溶かして梳(す)いたような濡(ぬ)れ羽色の髪、瞳に影を落とすほどの潤沢な睫毛(まつげ)に、スッと通った鼻梁(びりょう)とぽってりした唇。

みすぼらしい格好をしていても目を惹(ひ)くその美しさは、子供の頃から下女の身分だったルイーゼに不幸ばかりをもたらした。どこに行っても下心を剥き出しにした男にちょっかいを出され、周囲の女たちには妬まれてしまうのだから。

今の屋敷でも同じだ。主人に気に入られてしまったルイーゼは夫人の怒りを買い執拗(しつよう)に虐められた。他の下女たちもそれに加担するようになり、気がつけば仕事を押し付けられるようになっていた。

けれどもルイーゼはそんなことで泣き濡れたりしない。こんな環境には慣れっこだし、泣いたところで何かが変わるわけでもないのだから。今までもそうやって乗りきってきた。

……しかし、今回ばかりはルイーゼは自分の外見を呪うことになる。

ようやく洗濯が終わった昼前、屋敷に予定していない客が突然飛び込んできた。

「儂はセロニオア王国の宰相、アラゴンだ！　この屋敷の主人を呼べ！　それからこの屋敷と近所にいる黒髪の女を全員連れてこい！」

わけのわからないことを叫びながら、執事長の制止を振りきってその男は屋敷に入ってきた。当然屋敷内は騒然としたけれど、外にセロニオア王家の馬車が停まっているのを見ると今度は違った意味でざわついた。

領主は言われた通りにすぐに黒髪の女をアラゴンの前に集めた。そこにはもちろんルイーゼも含まれる。

何がなんだかわからぬまま一列に並べられた女たちを、アラゴンと彼の側近たちは端からまじまじと見つめていく。そしてルイーゼの前にやってきて彼女の長い前髪を捲(めく)ったとき、彼らは顔色を変えた。

「……おい、女。名は？」

「ルイーゼと申します」

「口を開けて歯を見せろ」

「は、はい」

「……うむ。今度はそこの柱までゆっくり歩いて戻ってきてみろ」

「はい」

言われた通りにすると、アラゴンたちは「ほう……」と感心した様子を見せたあと、何やら小声で話し合いだした。

「これならなんとかなるのではありませんか？」

「しかし顔立ちはあまり似ていませんぞ」

「似ていなくても構わん、どうせ向こうは盛った肖像画しか見ておらん」

「ですが、本物のルシア様がお戻りになったときに困ったことになるのでは……」

「数時間かせいぜい数日のことだ、顔に白粉(おしろい)を塗りたくってずっと俯かせておけ」

いったい何を相談しているのだろうと屋敷の者たちが不思議に思っていると、話を終えたアラゴンが金貨の山ほど入った袋を領主の手に押し付けた。

「この下女を買っていく。それから、今ここであったことは全部忘れろ。いいな？　もし他言したらお前の領地を取り潰してやるからな」

「ひっ⁉　か、かしこまりました」

アラゴンと領主のやりとりを見てルイーゼは唖然(あぜん)とした。お金で売られることには慣れっこだが、こんな急展開、しかも相手が王国の宰相など初めてだ。

「さあ、行くぞ。時間がない、急げ」

側近らに強引に手を引かれ、ルイーゼは転びそうになりながら屋敷を出る。

「ま、待ってください。まだ荷物も何も……」

「そんなものはいらん。どうせボロきれのような服が二、三枚あるだけだろう」

確かにその通りだが、着替えが一枚もないのは困る。戸惑いながら引きずられるように連れていかれるルイーゼを、屋敷の者たちはただ唖然と見ていた。

荷運び用の大型馬車に乗せられたルイーゼは、いきなり数人の女性に取り囲まれ丸裸にされると、濡れた布で頭のてっぺんから足の指まで拭かれた。そして真新しい下着とドレスを着せられ、髪を綺麗に整えられる。最後に薄化粧を施されて、今度は王家の紋章がついた一番豪奢な馬車に乗せられた。

「ふむ。……これならなんとかなるやもしれん」

馬車で待っていたのは先ほどのアラゴンと身なりのいいひとりの老女……女官長だ。上から下まで飾り立てられたルイーゼをじっくりと観察している。

「あの……これはどういうことですか？　私をどうするつもりですか？」

てっきり緊急に下女が必要になって買われたのかと思ったが、さすがにこれは違う。彼らが何をしようとしているのか想像もつかず、ルイーゼは訝しげな表情を浮かべた。

アラゴンは苛立たしげにため息をつくと、ルイーゼに席に座るよう命じた。座席は柔らかな革張りで、馬車が動きだしてもほとんど揺れない。

「いいか、今からお前は薄ら汚い下女ではない。セロニオア王国の第一王女、ルシア・デ・セロニオアだ。わかったな、今までの人生はすべて忘れろ」

「……は？」

いきなり突飛な話をされて、ルイーゼは目を真ん丸にする。

「だから！　お前にルシア様の身代わりになれと言ってるんだ！　逃げたんだ、ルシア様が！　この大事な大事な輿入れ（こしい）の道中で！」

「え？　え？」

よほど焦っているのだろう、アラゴンの話は支離滅裂だった。見かねた女官長が「わたくしから説明いたしましょう」と言ってくれて、ようやくルイーゼは事態を把握できた。

要は、異国の皇子のもとに嫁ぐ予定だったセロニオアの王女ルシアが、輿入れ中に逃げ出してしまったので身代わりになって欲しいということだ。

ルシアは王女という身分でありながら浮名を流すのにいとまがない困った性格だった。

そんな彼女もようやく嫁ぎ先が決まり、国王も国民も諸手を挙げて喜んだというのに。輿入れ途中で隙を見て脱走し他の男と駆け落ちするなど、いったい誰が予測できただろうか。

嫁ぎ先のマゼラン帝国へ向かう途中の宿泊地で、ルシアは忽然（こつぜん）と姿を消した。『本当に愛している人と結ばれます。捜さないでください』と書き置きを残して。

その書き置きを見たときは胃が千切れるかと思うほど痛くなったと、アラゴンは語った。

彼は今回の縁談から結婚までのすべてを任され取り仕切っている、セロニオア側の最重要責任者だ。同行していた輿入れの最中にまんまと王女に逃げられたとなれば、罰を受けるのは免れられない。役職の罷免、領地の没収、爵位の剝奪、それどころか処刑さえあり得る。

困り果てたアラゴンはこの不祥事を徹底的に隠し通すことにした。

極秘にルシアを捜させつつ、見つかるまでの間身代わりを立てる。ルシアがいなくなってまだ半日も経っていない、きっとすぐに見つかるはずだ。結婚式までに連れ戻せばなんとかなる。それまで偽物のルシアでなんとかマゼラン帝国の目を誤魔化そうという作戦だ。

それはいくらなんでも無理があるとルイーゼは思ったが、アラゴンとしては他に手もないのだろう。マゼラン帝国はもう目と鼻の先だ、ここから入国を遅らせても怪しまれる。

とりあえずルシアと同じ黒髪と琥珀色の瞳であることを条件に、アラゴンたちは身代わりになりそうな年頃の女性を朝からあちらこちら探し回っていたのだという。

そして条件に一致したルイーゼに、白羽の矢があたったというわけだ。

「でも、私に王女様の真似なんてできません」

生まれて初めて綺麗なドレスを着て豪華な馬車に乗ったというのに、ルイーゼはこれっぽっちも嬉しくない。当然である、こんな責任重大で危険すぎる任務を勝手に負わせないで欲しい。

しかしアラゴンも身の破滅がかかっているのだ、必死さにルイーゼは気圧される。

「できなくてもやるんだ！　いいか、マゼラン帝国に着くまであと一日。それまでに最低限の立ち振る舞いを覚えろ。大丈夫、すぐにルシア様は見つかる。無事にバレないまま済めば、お前にも褒美を取らせてやるぞ」

断るという選択肢はルイーゼには与えられていない。二度と同じ轍を踏むまいと警戒しているアラゴンたちから逃げ出すのも難しそうだ。

「頼む、儂らを助けると思って協力してくれ！　お前は下女のわりに顔立ちもいいし、どことなく品がある。うまくやれるはずだ」

そんなことで褒められても何も安心できないが、やるしかないとルイーゼはため息をついて腹を括る。

二時間前までは虐められているとはいえ平和な下女生活だったのに、どうしてこんな危険極まりない騒動に巻き込まれたのか。

ルイーゼは自分の運命を呪いたくなった。

第一章　奇妙な再会

「大公殿下！　どこですか、ジェラルド大公殿下！　ジェラルド！」

装飾柱が囲うアーチアーケードの下を、マゼラン帝国陸軍の紫色の軍服を着た青年が大声を出しながら駆けていく。

彼はひとけのない中庭に差しかかると、青々とした芝生の上でひとり模造刀を振っている銀髪の人物を見つけ声を張り上げた。

「ジェラルド！　何をやっているんだ、きみは⁉」

ジェラルドと呼ばれた銀髪の男は、肩を怒らせ近づいてきた青年を見て気まずそうに一瞬眉根を寄せた。

「怒るなよ、カスパル。少し緊張をほぐそうと体を動かしていただけじゃないか」

誤魔化すように笑いかけたジェラルドの額の汗を、カスパルはポケットから出したハンカチでグイグイと拭う。

「ああ、こんなに汗をかいて！　髪もボサボサじゃないか。もうあと十分もすればセロニオアの馬車が到着するんだぞ。きみは初対面の妻にこんなだらしない格好で会うつもりなのか？」

小言を始めたカスパルからジェラルドはハンカチを奪い取ると、それで汗を拭きながら手に持っていた模造刀を彼に押し付けた。

「だらしないとは失礼な。十分もあれば身支度ぐらい完璧に整えてやるさ。俺の得意技だ」

そう言ってジェラルドは庭の生垣に掛けておいた儀典装の上着を持って歩きだした。爽やかな初夏の日差しが、彼の狼のような鈍色の髪をキラキラと煌めかせている。日に焼けた精悍な顔は男らしく凛々しいが、どことなく少年のような清々しさも感じさせた。

「逃げ出さなかっただけ偉いとは思うが、万全の準備を整えてお迎えしないのはお相手に失礼にあたるぞ。きみは不誠実な夫になるのか？」

宮殿内に向かって歩くジェラルドを追いかけながらも、カスパルは小言をやめない。

いつものように聞き流そうとしたジェラルドだったが、『不誠実』という単語を聞くとピクリと片眉を吊り上げた。

「逃げるものか！　俺はどんな相手からも絶対逃げたりしない。悪名高きセロニオアの王女とだって、きちんと夫婦になってみせるさ。だが……愛することはできない。お前だってわかってるだろ、俺の心にはずっとルーがいるって。それを不誠実と呼ぶのなら呼べ」

途端に不機嫌になってしまったジェラルドを見て、カスパルはうっかり地雷を踏んでしまったことに気づいてため息をつく。

乳兄弟で幼い頃からジェラルドのそばにいたカスパルは、彼のことをよく知っている。ジェラルドはマゼラン帝国の第二皇子という身でありながら堅苦しい宮廷のしきたりが嫌いで、幼い頃はしょっちゅう宮殿を脱走していたやんちゃな性格だ。それなのに妙なところは生真面目で、自分で立てた誓いは絶対に破らない。

そんな彼の心に一番大きな誓いとして居るのが〝ルー〟だ。この話題になると彼は融通が利かなくなり、実に面倒くさいことになる。

「別に、きみの心が誰のものでも構わないさ。けどマゼラン帝国皇子として、務めだけはしっかり果たしてくれ。それだけだ」

話を強引に締めて、カスパルはジェラルドの上着を奪い取ると無理やりそれを着せた。

「まだ暑い。上着は汗が止まってから着る」

「さっき十分で支度すると言っていたのは誰だ。もう時間は半分過ぎているぞ」

今度は乱れた髪を手櫛（てぐし）で整えられそうになり、ジェラルドは「子供扱いするな！」と小走りでカスパルの手から逃げた。

そんなふたりのやりとりを、廊下ですれ違った女官たちが苦笑を浮かべて見ている。

「あのおふたりは本当に仲がおよろしいこと。まるで本物の兄弟みたい」

「けどジェラルド殿下もいよいよ妻帯者。いつまでも側近のカスパル様のお手を煩わせずに、しっかりしてくださらないと」

「どうかしら。お相手は艶聞に事欠かないルシア王女でしょう？　とても夫を支えられるような大公妃になられるとは思えないわ」

「いくら同盟のための政略結婚とはいえ、さすがにジェラルド殿下がお気の毒よね……」

好き勝手に話す女官たちの同情の目にも気づかず、ジェラルドはカスパルから逃げるように駆けていく。その振る舞いに彼女たちがため息をついたことにも、もちろん気づいていない。


同じ頃、セロニオアの馬車はマゼラン宮殿の目の前までやってきていた。

「いよいよだ、いよいよだぞ。絶対に失敗は許されない。わかったな」

王家の馬車の中で、アラゴンは目を血走らせながらルイーゼに言い聞かせた。頷(うなず)くルイーゼの顔には濃い疲労の色が滲んでいる。

ルシアの身代わりとして連れてこられてから早一日、ルイーゼは馬車の中で女官長から王女としての振る舞いと基礎的な知識を猛特訓で叩き込まれた。ルイーゼも女官長もアラゴンも、ほぼ一睡もしていない。皆クタクタの満身創痍だ。

しかし。

「わ、わかりました。努力いたします……」

「ああ駄目だ！　何度言ったらわかるんだ、この田舎者！」

ルイーゼの受け答えを聞いてアラゴンは苛立ちを爆発させる。

セロニオア王国があるのは大陸の北部だ。マゼラン帝国はセロニオア王国よりやや東にあるが、同じ北部に位置する。このふたつの国に言語の壁はほぼない。しかし大陸中を転々としてきたルイーゼには少しだけ南方の訛りがあった。わずかなイントネーションの違いだけだが、セロニオアの王女が発するには違和感がある。

マゼラン宮殿に着くまでに矯正するはずだったが、無意識で話しているルイーゼにとってはなかなか直しにくい。身代わり作戦の大きな足枷になっていた。

アラゴンはあきらめたように肩を落とすと、自分の荷物から何かを探し始めた。

「もう時間がない。悪く思うなよ」

そう言って彼は荷物から小瓶を取り出すとルイーゼの顎を無理やり摑んで口を開けさせ、中に入っていた紫色の液体を飲ませた。

「ぐっ、……う、あ……。――!?」

次の瞬間、ルイーゼは喉に熱く焼けるような痛みを覚えて呻（うめ）いた。いや、呻こうとしたけれど声が出ない。

「声が嗄（か）れる薬だ。マゼラン側にはルシア様は風邪をひいて声が出なくなったことにする。その方がお前もいいだろう、訛りもそうだが余計なことを喋（しゃべ）ってボロが出る心配がなくなるのだからな」

ズキズキと痛む喉を押さえながら、ルイーゼは泣きだしそうな顔でアラゴンを睨（にら）んだ。いくらなんでもこれは酷いと目で訴える。

「そんな顔をするな。治す薬はある。本物のルシア様が見つかってお前が無事に務めを果たしてきたら戻してやる」

こんな目に遭うならやはり協力なんてせずに逃げ出すべきだったと思うが、もう遅い。

馬車はマゼラン宮殿の正門前で止まり、「セロニオア王国ルシア王女殿下、ご尊来！」と高々と叫ぶ兵士の声が外から聞こえてきたのだから。

マゼラン帝国は歴史が古く、従属国を幾つも持つ大国だ。

一年前には長年敵対していた連合国を打ち破り、大陸の大部分を友好国、従属国とした。

セロニオア王国もそのひとつだった。連合国の中心であるセロニオア王国は両国友好の証として王女を差し出し、それが連合国の反乱の抑止力になると考えたマゼラン帝国は結婚を承諾した。

マゼラン帝国側の花婿は現皇帝の次男、第二皇子のジェラルド・フォン・ホーレルバッハ・コーレイン、二十一歳。マゼラン帝国陸軍総司令官でもある彼は、一年前の大戦の立役者でもある。

子供の頃から鍛錬を欠かさず軍事の才能があった彼は、十六歳で戦場に赴くようになってから連戦連勝を重ねた。皇太子である彼の兄は体が弱く軍人になれなかったこともあり、マゼラン帝国の軍事の要はジェラルドであると言っても過言ではないだろう。

どんな戦況であっても決して臆さないその勇気を称え、ジェラルドは『戦神』とまで呼ばれた。

凱旋式(がいせんしき)では英雄扱いされ国中の女性から羨望を集めたが、彼が祝賀会の舞踏会で女人の手を取ることはなかった。いや、祝賀会に限った話ではない。ジェラルドが舞踏会で誰とも踊らないという話は有名だった。

皇帝に叱られようと彼は頑なにダンスを拒む、その理由は誰も知らない。

しかしそんな彼にも、女性の手を取って踊らなければいけない日がやってくることになる。自身の結婚式だ。

結婚話にも乗り気でなく今までなんのかんのと拒否してきたジェラルドだが、さすがにセロニオア王国との縁談は断れなかった。皇子としてこの結婚がどれほど重要であるかはわかっているし、ホーレルバッハ家に適齢期の未婚の皇族は他にいない。

かくしてジェラルドは皇子としての役割を全うするため、心の中はどうあれこの結婚を承諾したのだった。

……というのが、ルイーゼが馬車の中で聞いた結婚相手の情報だ。

マゼラン帝国には子供の頃に二年だけ住んでいたことがあったが、下女として労働に明け暮れるだけだったルイーゼは何も知らなかった。皇子の名前さえも初めて聞いた。

アラゴンが『大帝国と婚姻を結べるなどそれだけでも我が国にとって大きな幸運なのに、マゼラン帝国側はルシア様の醜聞を知りつつも目を瞑(つむ)って受け入れてくださったのだ。それなのに、ああそれなのに！　ルシア様ときたら！』と大いに嘆いていたことを思い出すと、ますます気が重くなる。責任感にも潰されそうだし、嫁ぎ先から醜聞の王女という目で見られるのも嫌だ。

（それにしても、結婚相手が評判の悪い王女、しかも偽物だなんて。なんだかお相手の皇子様が気の毒になってきたわ。って、私は人に同情してる場合じゃないんだけども）

ルイーゼは今まで習ってきたことを頭の中でもう一度繰り返すと、覚悟を決めて手を握り込む。そして開かれた馬車の扉から、ゆっくりと足を踏み出した。

（わあ……、なんて大きさなの）

馬車から降りたルイーゼは、目の前に広がるマゼラン宮殿の全貌に目を瞠（みは）った。

王宮や宮殿を遠目に見たことはあっても、敷地内に入って間近に見たのは初めてだ。想像よりずっと大きく立派な建物に圧倒される。

ざっと数十メートル続く玄関アプローチは両脇に季節の花が整然と咲いており、手前に兵士がズラリと並んでいる。皆恭しく胸に手をあてこうべを垂れていて、その姿勢には一糸の乱れもない。

正面にそびえる宮殿は、つけ柱と半円アーチの窓が並んだ四階建てで横に広く、ずっと奥まで続いていた。今まで色々な貴族やお金持ちのお屋敷で働いてきたが、そのお屋敷が丸々五つくらい入ってしまいそうだ。庶民の家なら何十個入るだろうか。

これほどまでに大きいのに壁や柱や窓枠、梁の部分にまで細かな彫刻が施されていて、まるで巨大な美術品だ。

（どうしよう、こんなすごいところで王女様のふりをして生活なんかできるのかしら）

今までの自分の暮らしと比較して、ルイーゼはたちまち不安になってくる。どんなお屋敷で働いても、ルイーゼに与えられるのは地下や屋根裏の小さな相部屋だった。着替えも食事も睡眠も狭い部屋で済ませてきたことを思うと、これからの生活が想像できない。

宮殿に見惚(みと)れていたルイーゼは隣に立つアラゴンの視線を感じ、ハッとして顔を俯かせた。

顔はなるべく上げないように注意されている。もとの顔立ちがわかりにくいほど白粉を塗られたが、それでも本物のルシアを知っている者が見ればすぐに本人ではないとわかる。前髪と横の髪で顔を覆い、なるべく俯いて過ごすのが最善だった。

ルイーゼは自分の足もとを見ながら、胸をドキドキいわせて一歩ずつ前へ進む。周り中の人間が自分に注目しているのがわかって、緊張で倒れてしまいそうだ。

玄関アプローチをゆっくりと進んだルイーゼは、エスコート役のアラゴンが止まったのを感じて自分も足を止める。視線を少しだけ上げると、艶のある黒いブーツの男性が目の前に立っているのがわかった。

(たぶん、この方が……ジェラルド皇子。私が結婚する人)

ルイーゼは教わった通り、ドレスの裾を持って一礼する。すると隣に立つアラゴンがエヘンとわざとらしい咳(せき)ばらいを一回してから、話し始めた。

「マゼラン帝国の太陽アドルフ皇帝陛下、ジェラルド大公殿下。このたびは偉大なるホーレルバッハ家と我が国のルシア王女殿下が家族になることを、心より光栄に存じ上げます」

本来ならばこれはルシアが言うべき挨拶だ。それを付き添いの宰相が述べたことに、この場にいた誰もが訝しげな顔をする。

「ルシア王女を歓迎しよう……と言いたいところだが、輿入れにきた花嫁はルシア王女ではなくアラゴン宰相、あなたでしたかな?」

皮肉めいた皇帝の返しに、アラゴンは微かに緊張を帯びた声で言う。いよいよ嘘の始まりだ。

「これはこれは、失礼いたしました。実はルシア様は道中で風邪をお召しになりまして。いいえ、幸い大したことはなかったのですが……喉をやられてしまいまして。おそらく二、三日……いや、四、五日もしたらよくなることでしょう。来週の結婚式には間に合います。ええ、必ずや間に合わせます」

それまでに絶対本物のルシアを見つけて連れてくるという、アラゴンの固い決意が滲み出ているのを感じた。ルイーゼはその話に合わせて俯いたままコクコクと首を縦に動かす。

「そうだったか、それは気の毒に。ゆっくり休めばきっとすぐによくなる、今夜の晩餐は滋養のあるものをたくさん用意させよう」

「皇帝陛下の慈悲深いお心に、ルシア様に代わって感謝申し上げます」

とりあえず、風邪で声が出ないという嘘は通りそうだ。ルイーゼは密かに胸を撫で下ろす。

「そういうわけだ、ジェラルド。少し不便はあるが仕方ない。優しくしてやりなさい」

「……はい、父上」

皇子ジェラルドが喋った。初めて聞いた彼の声は低いけれど想像よりも威圧的ではなくて、そのことにもルイーゼは少しホッとする。

「ジェラルド・フォン・ホーレルバッハ・コーレインだ。あなたを歓迎する」

一歩前に出て挨拶をしてきたジェラルドに、ルイーゼは少しだけ顔を上げてお辞儀をすることにした。

しかし——彼の姿を一瞬視界に捉えた途端、ルイーゼは驚きで固まってしまう。

雪国の狼のような銀色の髪、緑色の瞳。凛々しい眉と切れ長の目、それに筋の通った鼻梁が相まってとても精悍な顔つきに見えるけれど、口角に力を入れる癖のあるやや大きい口が彼に憎めないあどけなさを加えていた。

（……っ！　ジェ……ジェリー……？）

ルイーゼはこの顔を知っている。特徴的な口もとも、一見怖そうだけれど笑うと人懐っこそうになる笑顔も、〝あの日〟から忘れたことなどない。

うっかり顔を上げて彼を見つめてしまって、ルイーゼは慌てて俯いた。今までの緊張とは違う胸の高鳴りが、体中に響いている。

（ジェリーよね、間違いない。ジェリーは皇子様だったの？　嘘でしょう？）

目の前の皇子は逞しく長身な体を立派な紫色の軍服に包み高貴な雰囲気を醸し出していて、記憶の中の人懐っこい少年とは別人のようだったが、ルイーゼは直感する。

彼は〝ジェリー〟だ。

また会いたいと十年間希った存在。その彼がまさか身代わり結婚の相手だなんて、運命の悪戯が過ぎる。

驚きの表情を浮かべて見つめてきたあと慌てて俯いてしまったルイーゼを不審に思ったのか、ジェラルドは顔をしかめた。

「どうした。気分が悪いのか？　顔が真っ白だぞ、ほら、見せてみろ」

顎を摑んで顔を上げられそうになりルイーゼが焦ったとき、「殿下」とジェラルドを諫める声がした。

「ルシア様は緊張なさってるのです。そのように無理やりお顔を拝見するものではございません。そっとしてさし上げてください」

「わ、わかってる。……心配しただけだ」

どうやら彼の側近が窘(たしな)めてくれたようだ。安堵(あんど)したルイーゼはチラリと視線だけ上げて、前髪の隙間からその側近の姿を窺(うかが)い見た。

(あっ！　カスパー？　カスパーだわ！)

再び驚きに襲われる。ルイーゼは彼のことも知っていた。

癖のある栗色(くりいろ)の髪に品のよさそうな面長の顔。下睫毛の長いやや垂れた目も相変わらずだ。

ルイーゼの視線がカスパーの方に向いていることに気づいたジェラルドが、「彼はグラーツ・フォン・カスパル少将。俺の口うるさい側近だ」と紹介してくれた。

(彼もマゼラン宮殿の人だったなんて……。ジェリーの側近なのね。ああ、そうか。だからあの頃もいつもふたりで一緒にいたんだわ)

これでルイーゼは確信した。今、目の前にいるふたりは忘れたくても忘れられない、あのジェリーとカスパーだと。

ルイーゼの胸に懐かしい記憶が甦(よみがえ)る。

もう十年も前のことだというのに、ちっとも色褪(いろあ)せていない思い出の日々が。

＊　＊　＊

あの日はとても明るい満月の夜だった。

八歳だったルイーゼは冷たい川の水に足を浸し、ガタガタと震えながら小さな手で川底を一生懸命探っていた。

「見つからないよぉ……」

涙を零しながら、ヒックヒックとしゃくり上げる息が白い。手も足も冷たさにジンジン痛み、感覚がなくなってくる。

けれどそれでも、捜し物をあきらめて屋敷に戻ることはルイーゼには許されなかった。

この頃のルイーゼはマゼラン帝国の帝都から少し離れた郊外に住んでいた。

ルイーゼの記憶には家族というものがない。一番古い記憶は三歳頃のものだが、同じように身寄りのない子供たちと狭い部屋で暮らしていた覚えがぼんやりあるだけだ。そして物心ついた頃からは、誰かに買われては下女として働くという生活をしていた。

マゼラン帝国のとある資産家に買われたのは、確か六歳のときだったと思う。幼い頃から稀有(けう)な美貌を持ったルイーゼのことを資産家は下心の籠もった目で見ており、そのせいで夫人と娘のデボラからは忌まわしい者のように扱われた。

その日もルイーゼは機嫌の悪いデボラに八つ当たりされ、夜の九時を過ぎたというのに屋敷の外へと出されてしまった。

「いい⁉　とーっても大切なペンダントなんだからね！　見つかるまで帰ってくるんじゃないわよ！」

デボラは数日前に失くしたペンダントを捜してくるようにルイーゼに命じた。しかも川に落としたらしい。

ルイーゼはわかっている、そのペンダントがデボラにとって本当は大して大切でもないことを。彼女はなんだかんだと理由をつけて、ただルイーゼを虐めたいだけなのだ。

デボラの嫌がらせには慣れっこだが、さすがに今回はつらい。季節は十二月、川の水は凍るほど冷たい。幸いにもこの時期は水が少なくルイーゼの背丈でも膝より上までは浸からないが、却ってそれが川に入って捜せる理由になってしまった。

夜に外へ追い出されたのも初めてだ。八歳の子供にとってひとりぼっちの夜は怖くて不安でたまらない。

月が明るいせいで視界は利くが、川底は濁っていて手を入れて探るしかなかった。八歳の小さな体で手探りで捜すのは限界がある。

水の冷たさと夜の不安で、普段は気丈なルイーゼもベソをかきながらペンダントを捜していた。

こんなときには孤独が身に染みる。普段は気にしないようにしているが、遠くに見える家々の明かりが羨ましくて胸が張り裂けそうになる。あの家のひとつひとつに家族が住んでいて、きっと自分と同じ年頃の子供は両親と過ごしているのだと思うと涙が止まらなくなった。

（どうして私には家族がいないの、神様）

冷たさに真っ赤になった手を見つめて思う。きっと両親がいればこの手を優しく包んで温めてくれるに違いないと。

貧しくてもいい。ただ皆が当たり前に持っている父と母の愛が欲しかった。そんなささやかな願いさえ叶わない自分は、よほど神様に嫌われているのだとルイーゼは思う。そう考えるとこの先の人生もきっと幸せなどひと欠片（かけら）も得られないような気がして、ルイーゼはわずか八歳でありながら生きる希望さえも見失いそうになるのだった。

そうして涙を拭いながらペンダントを捜して、かれこれ三十分が過ぎた頃。

「おーい。おーい」

橋の上から誰かの声が聞こえた。ルイーゼは自分が声をかけられているのだと思わず知らんぷりをしていたが、「おーい、そこの黒髪の女の子ー」と呼ばれて、ようやく顔を上げると、長い前髪の隙間からチラリと橋の上を見た。

「あ、やっと気づいた。なあ、そこで何をしてるんだ？」
声をかけてきたのは、ふたり組の少年だった。十一、二歳くらいだろうか。ふたりとも
フードのついた黒い外套に身を包んでいる。ひとりは人懐っこそうな顔をした銀髪、もう
ひとりは垂れ目の癖っ毛だ。
声をかけてきたのは銀髪の方だった。緑色の瞳をキラキラさせているその姿は、悪い人
には見えない。
「さ……捜し物をしているの」
ルイーゼは橋の上の彼に向かって答えた。声が震えていたせいで、ちゃんと届いたかわ
からない。
どうやらちゃんと聞こえたらしく、銀髪の少年は驚いた表情を浮かべた。
「え、こんな時間に？　ひとりで？」
「私のお屋敷のお嬢様がペンダントを失くしちゃって……見つかるまで帰ってくるなって」
「なんだそれ!?　こんな小さな子に、ひっどいなあ！」
すると彼は「待ってろ！」と言いながら駆けだし、橋を渡って土手を降りあっという間
にルイーゼの近くまでやってきた。
「俺も手伝ってやるよ。どんなペンダントなんだ」

しかも彼は艶々した革のブーツと靴下を手早く脱ぎ、脚衣（きゃくい）の裾を捲って川に入ってくるではないか。

「えっ。でも、冷たいよ。あなた風邪ひいちゃうよ」

驚いたルイーゼが止めようとすると、少年はブルッと身震いしたあと大げさな笑みを浮かべてみせた。

「これくらい平気さ。それよりどんなペンダントだ？　ふたりで捜せばきっとすぐに見つかるぞ」

ルイーゼは驚きすぎて立ち尽くしてしまった。今まで誰かにこんなに親切にしてもらったことはない。優しいふりをする大人はいても、真冬の川に足を入れるような自らも損を被ってまでルイーゼを助ける者はいなかった。

「えっと、あの……青いガラス玉のヘッドがついたペンダント……」

「青いガラス玉だな、わかった！」

初めて本当の親切を受けたルイーゼはどうしていいのかわからず、お礼を言うのも忘れてしまった。けれど少年はそんなことを気にする様子もなく、袖を捲った腕を水に突っ込みザブザブと川底を探っていく。

「ジェリー！　今すぐ水から出るんだ！　凍えたらどうする！」

　癖っ毛の方の少年が焦った様子で駆けつけてきた。彼は足が遅いらしい。

　ジェリーと呼ばれた銀髪の少年は川底から目を離さないまま、癖っ毛の彼の方を見向きもしないで答える。

「人助けだ、カスパー。こんな小さな女の子が困ってるのに放っておけないだろ」

「風邪でもひいたら皇て……お前の父上になんて言い訳するつもりだ⁉　今まで何度も抜け出していたことがバレて大目玉を食らうぞ！」

「うるさいな。だったらお前も手伝え。早く見つかれば俺が風邪をひかないで済むぞ」

　カスパーと呼ばれた癖っ毛の少年はジェリーの言葉にグッと口を噤(つぐ)むと、やがて観念したようにため息を吐きながらブーツと靴下を脱ぎ始めた。

「うう、冷たっ。まったく、なんで僕までこんなことに……」

　ブツブツ文句を言いながらも、カスパーも捜索に加わってくれた。ありがたいことである。

　ふたりも親切な人に協力してもらって、さっきまで泣きべそをかいていたルイーゼの顔が明るくなった。水が身を切るように冷たいことには変わらないのに、三人一緒だとなんだか少し楽しい気さえしてくる。

「お前、名前は？　この辺に住んでるのか？」

「ルイーゼ。孤児なの。そこのお屋敷で下働きをしているの。あなたは？」

「俺は……ジェリー。帝都に家がある。あいつはカスパー。兄貴みたいな友達」

「どうしてこんな時間に子供だけで出かけてたの？」

「息抜き。うち、色々厳しくてさ。夜になったらこっそり家を抜け出して、こうして夜の町を見て回るのが好きなんだ」

「夜が好きなの？　夜が怖くないなんて、すごいのね」

「ちっとも怖くないさ。だってこんなに月明かりが綺麗なんだから」

ルイーゼはペンダントを捜しながらジェリーと色々なお喋りをした。初対面なのにまったく壁を感じさせない彼との会話は、生まれて初めてと言っていいほど楽しかった。

夜が怖いと言ったルイーゼのために、ジェリーは素敵な話をしてくれた。妖精は月夜に踊ること、夜の虹は白いということ、月光の下でだけ咲く花があるということ。

聞けば聞くほど恐怖や不安は消え去り、ルイーゼは夜が好きになってくる。

そしてお喋りに夢中になりながらペンダントを捜すこと三十分。

「あった！」

ついにジェリーがペンダントを見つけた。青いガラス玉のついたペンダント、間違いなくデボラのものだ。

「ありがとう……！　ありがとう、ジェリー！」

ルイーゼは目を潤ませて喜んだ。単純にペンダントが見つかったことだけが嬉しいのではない。親切な彼らのおかげでこの窮地を乗り越えられたことが嬉しいのだ。

「はー、やれやれ。よかったな。ジェリー、僕は火を起こしてくるからすぐに暖まれよ」

ジェリーが風邪をひくのを心配していたカスパーはさっさと川から上がると、川岸に木の枝を探しにいった。

「本当にありがとう、ジェリー」

ルイーゼはジェリーの正面まで行き、ペンダントを受け取ろうと彼の顔を見上げる。すると、満面の笑みを浮かべていた彼の表情が変わった。

「……え？」

まるで信じられないものでも見たように、ジェリーは大きく目を見開いている。

ルイーゼはハッとすると、慌てて前髪を手で押さえて顔を俯かせた。

(目、見られた……？)

不安で心臓が嫌な音を立てる。

ルイーゼは瞳に秘密を隠していた。それは月の下でだけ色が変わるという不思議なものだった。

明るい場所で見ると琥珀色、陰っている場所で見ると茶色に見えるルイーゼの瞳は、白く淡い光である月光に晒（さら）されたときだけぼんやりと青色が浮かんで見える。そのさまはまるで水と大陸の星のようだ。

両親の瞳が異なる色の場合、極々稀（まれ）に完全に混ざりきらず子供の瞳に色がふたつ以上存在する場合がある。ルイーゼはまさにそれだったが、青い色は薄く普段は琥珀色にしか見えない。けれど白く淡い光だけは彼女の青色を絶妙に浮かび上がらせてくれた。

月光の下でだけ現れる琥珀色と青色が揺らめく瞳。しかしそれは、ルイーゼの誰にも言えない秘密だ。

月光の下で色が変わる瞳なんて不気味がられるに違いない。虐められるか、気味悪がられて屋敷から追い出されるかもしれない。物心ついたときからずっと不遇な目に遭（あ）ってきたルイーゼがそう考えるのも無理はない。普段からもなるべく前髪を伸ばして目を隠し、月明かりの下には出ないようにしていた。

それなのに、ペンダント捜しとジェリーとのお喋りに夢中になっているうちに前髪が乱れていたことにも気づかず、うっかり瞳を見られてしまった。

（きっと気持ち悪いって思われた。せっかく親切にしてもらえたのに、嫌われたかも……）

ルイーゼは悲しくなってくる。こんなに楽しい夜は初めてだったのに、生まれつきの瞳のせいで台なしになってしまうなんて。

ところが。

「うわぁ……。もしかしてルイーゼって……天使なのか？」

「え？」

心からの感嘆を籠めた声で想像もしてなかったことを問いかけられ、ルイーゼは驚いて顔を上げた。

ジェリーの表情は思っていたものと違った。そこには嫌悪など一切ない。頬を染め見開いた目を輝かせているそれは、世界一の宝物を目にした少年の顔だ。

「すごい、こんなに綺麗な瞳見たことない。どんな宝石よりも綺麗だ。信じられない……、まるで奇跡の星みたいだ……」

ジェリーはルイーゼの前髪を分けると輪郭を両手で優しく包み、ジッと見つめながら熱っぽく語る。ルイーゼは驚いた、不気味がられるどころか絶賛されるなんて。

「へ、変じゃない？」

「何が？　こんなに美しいのに？」

「普通の人と色が違うし、それに……月の下でだけこうなるの。昼間や室内では青い色はなくなっちゃうの」

「えっ！　月の下でだけ青色が浮かぶの⁉　すごい！　やっぱりルイーゼは天使――うん、きっと神様の宝物だ！」

神様の宝物――。そんな素晴らしい称賛を、ルイーゼは生まれて初めてされた。

誰もが当たり前に持っている家族や幸せを持たない自分は、きっと神様から嫌われた愚かな人間なのだとずっと思ってきた。けれどジェリーのそのひと言が、すべて吹き飛ばした。

「嬉しい……。そんなこと言われたの初めて……」

感激で心が震える。気がつくとルイーゼは大粒の涙を零していた。

「えっ？　どうして泣くんだ？　俺、何か悪いこと言った？」

「違うの。嬉しくて……こんなに幸せな気持ちは初めて」

突然泣きだしたルイーゼにジェリーは驚いてオロオロしたが、慣れない手つきで涙を拭ってくれるとギュッと懐にルイーゼを抱き寄せた。

「泣くなよ。ルイーゼはこれからうんと幸せになるよ、間違いない。だって世界一綺麗な星の瞳を持った女の子なんだから」

抱きしめられながらルイーゼは思う、彼の言う通りだと。何故なら今感じている胸の温かさこそが、生まれて初めて知った幸せなのだから。

幸福すぎていつまでもこのままでいたかったけれど、川岸にいるカスパーから「おーい、火を起こしたから来いよ」と呼びかけられてハッと体を離した。

「暖まりに行こう」

まだ涙の残っていたルイーゼの目もとを指で拭って、ジェリーは微笑みかける。

川岸に向かって歩きだそうとした彼の外套を、ルイーゼは慌てて掴んだ。

「ん？　どうした？」

「あ、あの……目のことは誰にも言わないで欲しいの」

ジェリーは手放しに褒めてくれたけれど、やはり他の人に瞳のことを知られるのは怖い。世の中の人間が皆、彼のように純粋で優しいとは限らないのだから。

真剣な様子で言ったルイーゼに、ジェリーはしっかりと頷いてみせた。

「わかった、約束する。星の瞳のことはルイーゼと俺だけの秘密だ。絶対に誰にも言わない」

強く言いきられて、ルイーゼはホッとした。彼は嘘はつかないと直感でわかる。

「何やってるんだ、体が冷えるぞー」

再びカスパーに呼びかけられて、ジェリーが「すぐ行くって！」と岸に向かって叫ぶ。

そしてルイーゼの前髪を優しく整えてあげてから、手を繋いで歩きだした。

カスパーの起こした火は小さかったけれど、それでも冷えきった体にはありがたいものだった。枯草や枝を燃やした小さな焚火を、三人で震えながら囲む。

「捜してたときは夢中でわからなかったけど、陸に上がるとやっぱ寒いな……ハックシュン！」

大きなくしゃみをひとつしてから、ジェリーはバツが悪そうに笑った。

「だから言ったじゃないか。来週から祭事や式典も始まるのに風邪で寝込んでも知らないからな」

「願ったり叶ったりだな。堅苦しい場所は大嫌いだ、ベッドで寝込んでた方がマシだね」

「そういう問題じゃない！　……ックシュン！」

さらに続けてくしゃみをしたカスパーを見て、ルイーゼは戸惑う。

よくわからないが、ふたりは来週用事があるみたいだ。それなのに自分のせいで風邪をひかせてしまったんじゃないかと責任を感じる。

ルイーゼはどうしたらいいか焦って考えたあと、ハッと思い出してスカートのポケットに手を入れた。

「あの、これよかったら食べて」

ふたりの前に差し出したのは、クシャクシャの紙に包まれた黄金色のキャンディーだ。

ルイーゼの意外な行動に、ジェリーたちはキョトンとする。

「蜂蜜の飴なの。蜂蜜は風邪にいいって聞いたから……」

包んでいた紙ごと受け取って、ジェリーはそれを見つめた。

「いいのか？　これ大切な飴なんじゃないか」

しっかり包んでいたようだが、包み紙は古ぼけくたびれている。大切にとっておいたのだろうことが見て取れるものだった。

「いいの、食べて。一緒にペンダントを捜してくれたお礼よ、どうもありがとう」

微笑んだルイーゼは心を籠めてふたりに頭を下げる。

この飴はずっと前、お遣いに出た町で足を痛めていた老婆を助けたときにお礼にもらったものだ。意地悪な夫人やデボラのせいで食事を抜かれることのあるルイーゼは、非常食として大切に少しずつこれを食べてきた。

ジェリーの言う通り本当は大切なものだけど、自分にはあげられるものがこれしかない。

そう考えるとためらう気持ちは生まれなかった。

ジェリーはしばらく飴とルイーゼを交互に見たあと、「ありがとう、いただくよ」と泣きそうな笑みを浮かべた。そしてひとつを自分の口に放り込むと、もうひとつをカスパーに手渡した。

「うん、すごく甘い。これなら風邪もすぐ治る」

目を細めたジェリーを見て、ルイーゼも嬉しそうに微笑む。

やがて体が暖まってきた頃、小さな焚火は燃えるものを失い鎮火していった。

「ジェリー、そろそろ帰ろう」

カスパーが火の跡をパンパンと足で踏みながら言った。もう夜中と言っていい時間だ、さすがに眠気も湧いてくる。

「そうだな。じゃあ、ルイーゼを家まで送ろう」

そうジェリーが提案したが、ルイーゼは首を横に振って斜め後ろに見える屋根を指さした。

「大丈夫、お屋敷はすぐそこだから」

「でも……送っていくよ」

「ううん、走ったら一分もかからず着いちゃうから平気」

彼の申し出はありがたいが、ルイーゼは拒み続けた。屋敷の者たちに彼らと一緒にいるところを見られたくない。それを理由に折檻(せっかん)されたり虐められたりされかねないのだから。

ジェリーはルイーゼと離れ難いのかしつこく送りたがったが、状況を察したカスパーに「彼女の事情を汲(く)んでやれ」と耳打ちされてようやくあきらめた。

「今日は本当にどうもありがとう。……じゃあね」

ルイーゼとて彼らと別れるのは寂しい。きっと今夜が人生で一番楽しかった夜だ。この夜を終わらせたくないけれど、いつまでも寒空の下に彼らを留まらせるわけにもいかない。寂しさをこらえてその場から去ろうとしたとき、「待ってくれ！」とジェリーに腕を摑まれた。

「ま……また会いたい。会いにくる、必ず。だから俺と友達になってくれ」

少し緊張を孕(はら)んだ様子で言われ、ルイーゼは驚いてポカンとしたあとに顔を綻ばせて言った。

「お友達になってくれるの……？」

「ああ、お前がいいなら」

「なる！　私もジェリーのお友達になりたい」

ルイーゼは友達ができるのは初めてだ。嬉しくて頬がみるみる赤くなっていく。

「おい、ジェリー。町の者と軽率な約束は……」

咄嗟(とっさ)にカスパーが口を挟んできたが、ルイーゼが「カスパーもお友達になってくれる？」と小首を傾げて尋ねると困ったように頭を掻(か)きながらも「……うん、まあ」と頷いてくれた。

「俺は夜の九時を過ぎれば宮……屋敷を抜けられるんだ。でも明日からは八時半には寝たふりをして抜け出してくる。ルイーゼは？」

「私は九時には部屋に戻るの。時々用事を頼まれて遅くなっちゃうときもあるけど……。部屋に戻ったらこっそりお屋敷を抜け出してくるね。またここの河原で会いましょ」

夜とはいえ屋敷を抜け出すのはリスキーだ。けれどそれでもルイーゼは彼らに会える時間を失いたくなかった。見つかって折檻される恐怖よりも、初めてできた友達とまた会える希望の方がずっと大きい。

「それじゃあ、また会おうな。ルー」

「ルー？」

最後に頭を撫でながらジェリーが呼んだ名に、ルイーゼは目をしばたたかせる。

「愛称だよ。ルイーゼだからルー。俺たちはもう友達なんだからそう呼んだっていいだろ？」

今夜幾つめの〝初めて〟だろうか。最後に宝物のような愛称をもらってルイーゼは顔を輝かせた。

「うん、ありがとう！　気に入ったわ」

それからルイーゼは手を振って、屋敷へと駆けていった。振り返ればジェリーとカスパーが河原から見守るようにいつまでも手を振ってくれていた。

その夜のルイーゼの目には何もかもが輝いて見えた。怖かった暗い夜も、嫌な思い出しかないお屋敷も、「ペンダントひとつ捜すのにいつまでかかってるのよ、グズね」と意地悪を言うデボラの顔さえも。

生まれて初めて人の温かさや幸せな気持ちを知った。こんなにも人生は楽しいということも知った。夜通し踊り明かしたい気分だ。

ベッドに入っても胸が弾んでなかなか寝つけないルイーゼはまだ気づいていない。自分がもうひとつの初めて――恋――を知ったことに。

それからジェリーはほぼ毎晩、河原へとやってきた。

ルイーゼも仕事が終わると自室の窓からこっそりと抜け出し、河原へ行くのが毎日の楽しみになった。

朝は日の出と共に仕事を始めなくてはならないルイーゼのために逢瀬(おうせ)はほんの一時間程度だったが、それでもふたりは楽しい時間を過ごした。とめどないお喋りをしたり、近くを一緒に散歩したり。ジェリーがルイーゼに歌を教えてくれたこともある。

カスパーもジェリーに付き添う形で一緒にいたので、三人で遊ぶこともよくあった。しっかり者で気が利くカスパーのこともルイーゼはもちろん好きだが、やはりジェリーに抱く気持ちは特別だと自分でも感じる。

彼と手を繋ぐと胸がドキドキして飛び上がりたいほど嬉しくなるし、微笑まれれば胸が締めつけられて顔が勝手に赤くなる。そして彼も時々頬を染めはにかんだ笑みを向けてくれることが嬉しくてたまらない。

ジェリーの笑顔が大好きだ。少し口の大きな彼が口角を上げて笑う顔は屈託がなくて、心の底から楽しそうに見える。ルイーゼもつられて楽しい気持ちになるのだ。

昼間どんなにつらいことがあっても夜になればジェリーに会えると思っただけで、ルイーゼは笑顔になれた。屋敷の者たちも明るさを隠しきれないルイーゼの変化に何があったのかと首を傾げるほどだった。

恋するルイーゼの幸せな時間は三ヶ月ほど続いた。

しかし終焉(しゅうえん)は悲劇と共にやってくる。それは、春の足音が聞こえてきた三月のこと。

「見て、クロッカスの花が開いてる。青に白に紫、綺麗ね」

ルイーゼは河原に咲いたクロッカスの花をジェリーと一緒に眺めていた。今日は満月だから夜でも花の色がわかるほど明るい。

「ああ、見事だな。でも、クロッカスの花よりルーの方がずっと綺麗だ」

そう言ってとろけそうな笑みを浮かべ、ジェリーは隣に立つルイーゼの前髪をそっと捲る。今夜は星の瞳がもっとも美しい色になる日だ。

射貫かれそうなほどジッと瞳を見つめられ、ルイーゼの頰がみるみる熱くなる。

「あ、あんまり見ないで。なんだか恥ずかしい」

「可愛いな、ルーは。世界一可愛い。ああ、もっとずっと一緒にいたい。うちで一緒に暮らせたらいいのに」

「もう、ジェリーったら」

会うほどに胸を焦がしているのは彼も同じようだった。最近のジェリーはルイーゼへの想いを隠そうともしない。けれど褒められ慣れていないルイーゼは面映ゆくて仕方がない。頭が熱くなってしまってどうしていいかわからなくなる。

そんなふたりの様子を、少し離れた土手に寝転んでカスパーが見ていた。最近ではふたりの惚気(のろけ)にあてられ、気恥ずかしくてそばにいられないようだ。

そうして今夜も平和でちょっぴり甘い時間が過ぎようとしていたが——、それは下卑た怒鳴り声に突然壊される。

「ルイーゼ！　何をやっているんだ！」

静かな河原に男の大声が響き渡る。驚いて顔を振り向かせたルイーゼは、屋敷の主人が怒りの形相でこちらに来るのを見てサッと青ざめた。

「最近様子がおかしいと思っていたら、男と逢引していたとはな！　この淫売！」

ショックで動けなくなってしまったルイーゼの前まで主人はやってきて、その頬を容赦なく打ち払おうとする。

「やめろ！」

ジェリーが主人の手を止めようとしたが、大人と子供では体格が違う。ましてや恰幅のいい屋敷の主人に、ジェリーはルイーゼと一緒に突き飛ばされてしまった。

「ちくしょう……ルーになんてことするんだ！」

「やめろ、ジェリー！」

殴りかかろうとしたジェリーを咄嗟に押さえたのはカスパーだった。暴れるジェリーの体を羽交い絞めにして必死に止める。

「駄目だ、問題を起こしたら大事だぞ！」

「放せ！　ルーに乱暴するやつは許さない！」

喚くジェリーを屋敷の主人は睨みつけながら、近づいていく。

「なんだ、小僧。変な外套なんか着て、盗人か？　まだ子供のくせに人んちの下女をたぶらかしおって、お前もルイーゼも卑しい身分の者はすぐに色気づきおる。まるで家畜だ」

嘲笑う主人の言葉が、ルイーゼの心を傷つける。

いつも子供相手にいやらしい目を向けていたのはそっちじゃないか。ジェリーとの大切な時間を同じだと思わないで欲しい。そう叫びたかったが唇を噛みしめてこらえた。今ここで彼の感情を逆撫でしてはいけない。

しかし我慢できなかったのはジェリーの方だ。押さえていたカスパーの腕を引き剝がすと、ジェリーは屋敷の主人に向かって飛びかかった。

「俺とルーを侮辱するな！　この卑しい豚め！」

殴りかかろうとした瞬間、屋敷の主人は手に持っていた杖で彼を打ち払った。ルイーゼは顔を真っ青にして「ジェリー！」と悲痛な叫び声をあげる。

「卑しい豚だと……？　この家畜以下の分際で！　貴様、身分というものをその体に叩き込んでやる！」

怒り狂った主人はジェリーを杖で滅多打ちにした。それを見てルイーゼは恐怖で体が震えだす。しかしグッとこぶしを握り込むと、非力な小さな体で屋敷の主人にぶつかっていった。

「やめて、やめて！　ジェリーを叩かないで！」

ポカポカと叩いてくるルイーゼに、主人は怒りの矛先を向ける。

「ルイーゼ！　貴様はどこまで恩知らずなんだ！　散々目をかけてやった儂を殴るとは、

鞭打ちにしてやる！」

そして再びジェリーの方を振り返ると「貴様もだ、小僧。鞭で嬲ってやる、来い！」と彼を捕まえようとして手を伸ばした。ところが。

「やめて！　ジェリー逃げて！」

ルイーゼは伸ばした主人の腕にしがみつくと、力を籠めて手に噛みついた。さすがにこれには主人も怯む。

「今だ、ジェリー！　逃げるぞ！」

その隙を突いてカスパーがジェリーを立たせ、半ば担ぐようにして走りだした。

「放せ……！　ルーを置いて逃げられるかよ……」

「馬鹿言うな！　いい加減に自分の立場をわかれ！　皇太子殿下の結婚が控えてるのにこんな醜聞を晒したら外交問題にもかかわるんだぞ！」

普段はカスパーより強いジェリーも、杖で滅多打ちにされたあとでは力が入らない。抵抗するものの引きずられるようにカスパーに連れていかれる。

「放せ！　放せ……！　ルー！　ルイーゼ！」

悔しそうに目に涙を浮かべながら、ジェリーはカスパーに連れられ遠ざかっていった。

それを見てルイーゼはホッとする。

しかし気が緩んだ次の瞬間、嚙みついていた主人の手がルイーゼの顔を勢いよく引っ叩いた。

「きゃあっ！」

地面に倒れ込んだルイーゼを、主人が杖で殴打する。子供相手に手心は一切ない。

「このっ！　この淫売がぁっ！　絶対に許さんぞ！　あの小僧の分まで貴様に鞭をくれてやるからな、覚悟しろ！」

「ひぃ……っ」

憤慨した主人はルイーゼの髪を掴んで引きずったまま屋敷まで戻ると、地下で酷い折檻をした。まだ八歳のルイーゼは鞭で何度も打たれ大怪我を負い、三日ほど生死の境をさまようことになった。

しかし、体中傷だらけになったルイーゼを見てさすがに主人はマズいと思った。教会などの慈善団体に見つかったら面倒なことになるかもしれない。

そう考えた彼はルイーゼが意識を取り戻すとすぐに彼女を外国の人買いに売り渡した。

満身創痍のルイーゼにはそれに抗う術もない。

（……もう会えないね。さよならジェリー……どうかいつまでも元気で）

こうしてルイーゼはマゼラン帝国を去り、そうして十年の月日が経った。

＊＊＊

（ああ、信じられない。こんな再会をするなんて！）

夢のような再会にルイーゼは瞳を潤ませる。

ジェリーたちと別れたあともつらいことはたくさんあった。十八年間で唯一幸せと言えるのが彼らと過ごしたあの三ヶ月だったのだ。

そんなルイーゼにとってこの再会はまさに奇跡だ。不遇な自分に神様が慈悲を与えてくれたとしか思えない。……しかし。

「おやおや、ルシア様は少し気分が優れないようです。お部屋で休ませていただいてもよろしいですかな？」

すっかり思い出に耽（ふけ）っていたルイーゼは、アラゴンの声でハッと我に返る。

今の自分はルイーゼではない、ルシアだ。しかも声も出せない。ルイーゼとして再会を果たすことは到底叶わないのだと自覚する。

「それはいかん。では女官に案内させよう」

気遣ってくれた皇帝が女官に命じてルイーゼを部屋に案内してくれた。これで人の多い入宮の式典からもこのあとの晩餐会からも免れられる。本来ならばホッとするはずなのに、ルイーゼはチラリと振り返って肩を落とした。

（ジェリーは私がルイーゼだってちっとも気づかなかったかしら。いえ、気づいたら駄目なんだけど……でももう少し一緒にいたかった）

複雑な気分に駆られて自分でも戸惑う。さっきは胸が震えるほど嬉しかったのに、この再会が正しいのか今はわからない。

アーチアーケードが続く廊下は長く曲がりくねっていて、その難解さにルイーゼは自分の心を重ねた。

第二章　偽りの花嫁

ルイーゼがマゼラン帝国に来てから一週間が経った。

これまで体調不良を理由に部屋に閉じ籠もり式典や食事会なども欠席してきたが、そろそろ限界だ。宮殿中で「セロニオア王国は不健康な花嫁を送り込んできた」だの「まだ式は挙がっていない、この結婚はとりやめてルシア様を療養のため祖国へ送り返すべきではないか」など不穏なかげ口が飛び交っている。

アラゴン宰相はセロニオア王国へ帰ったと見せかけて、帝都に密かに残っていた。当然である、まだ本物のルシアが見つかっていないのだから帰ることなどできない。

セロニオア王国へは道中で保養地に立ち寄っていくと嘘をつき、彼は自分の私兵を使って必死に捜索を進めていた。その一方で遣いの者を通じマゼラン宮殿の様子を窺ってはルイーゼに手紙で「部屋に閉じ籠もって誰にも会わないように」と指示を出していた。

この状況は、アラゴンにとっても誤算である。まさか一週間以上経ってもルシアが見つからないとは思わなかった。遅くても三日か四日でなんとかなるだろうと考えていた彼は、今や不安と苛立ちのストレスで毎日やつれていっている。

しかし不安なのは渦中にいるルイーゼも同じだ。最近では唯一部屋に入れている世話係の下女でさえ、不審な眼差しを向けてくる。

ルイーゼは、宮廷官に扮したアラゴンの部下が手紙を持ってくるたびに声の出ない口をパクパクさせて「早くなんとかして」と訴えた。

さすがに入宮するなり一週間も部屋から出てこない花嫁を心配して、皇帝は宮廷医師に診てもらうよう命じた。

これ以上は詐病は通用しないと観念したルイーゼは、声が出ないこと以外は治ったことにして部屋に出ることにしたのだった。

「おはよう、風邪はよくなったそうだな」

その日、さっそく部屋まで朝食に誘いにきたのはジェラルドだった。

ホーレルバッハ家では、夫婦は共に朝食を摂る習わしがある。ジェラルドとルシア王女はまだ結婚式を挙げていないが、入宮のときから扱いはほとんど夫婦と変わらない。

「朝食部屋まで案内する。共に行こう」

ジェラルドが迎えにくることは女官から聞かされていたので支度をして待っていたが、

ルイーゼは戸惑わずにはいられない。

（素顔がわからないくらい白粉をたっぷり塗ったけど、なるべく俯かなくちゃ。それから、ええと、腕を出されたらエスコートで、テーブルに着くときは私が先に座る、でも椅子を引いてもらうまでは座ってはいけない。ええと、あとは……）

最低限のマナーは馬車で教えられたが、宮殿で食事をするなどもちろん初めてだ。粗相をしない自信がない。

そのうえ顔をあまり見せないように気をつけなくてはならない。気をつけることだらけで頭も心臓もパンクしそうだった。

部屋に来たジェラルドにルイーゼは俯いたまま小さくお辞儀をすると、そのまま顔を下に向け続けた。前髪の隙間から少しだけ彼の動向を窺う。

「……そうか、声が出ないんだったな」

ジェラルドはそう呟(つぶや)くと、エスコートするために軽く曲げた腕を差し出した。ルイーゼはおずおずとそこに手を乗せる。

「行こう」

それだけ言ってジェラルドは歩きだした。どことなく素っ気なさを感じるのは気のせいだろうか。

正体がバレないよう緊張しっぱなしだったルイーゼだが、彼にエスコートされて歩くうちに抑えきれない喜びが胸の奥から湧いてきた。

(本当に大きくなったのね、ジェリー……。身長なんか私よりずっと高いわ。体も逞しくなって肩が広くて、紫色の軍服がすごく似合ってる。どこからどう見ても立派な皇子様だわ。あ、でも口もとは子供のときのまんま。今でも口角に力を入れる癖が治ってないのね)

大人になった彼を間近で見て感じることができ、嬉しさから顔が綻びそうになってしまう。まさか成長して、寄り添って歩く日がくるなんて夢にも思わなかった。

それどころではないとわかっているのに、ルイーゼはチラチラと視線を上げて隣のジェラルドを盗み見た。

「ん?」

その視線に気づいたジェラルドが、パッとこちらを振り向いた。ルイーゼは慌てて深く顔を俯かせる。

「……何か用か?」

尋ねられてルイーゼは俯いたまま首を横に振った。

「そうか」

彼の声がさらに素っ気なさを帯びたように感じられたが、気がつくと朝食部屋が目の前でルイーゼは再び緊張に襲われそれどころではなくなった。

朝食部屋は朝日がよく差し込む明るい部屋で、白いクロスのかかったふたり用のテーブルに摘みたての花が飾られていた。

頭の中で教わったマナーを繰り返しながらルイーゼは席に着き、運ばれてきた朝食を食べ始める。

（おいしい……！　こんなにフワフワで温かいオムレツ初めて！　アスパラガスも新鮮で、なんて薫り高いの）

作りたてのオムレツや新鮮な野菜の付け合わせがおいしくて、思わず口もとが緩む。宮殿に来てからの食事は体調不良というていのルイーゼに配慮してスープやリゾットやパン粥（がゆ）など消化にいいものだった。それはそれでとてもおいしかったのだけれど、バターたっぷりのオムレツや新鮮な野菜などはまた別格だ。下女どころか庶民ならば簡単には口にできない。

「マゼラン宮殿の食事は口に合うか？」

夢中でフォークを動かしていると、ふいにジェラルドにそんなことを聞かれた。思わず「はい！」と笑顔で答えそうになって、ルイーゼはハッとして俯くと小さく首を縦に振った。

（いけない、声は出ないんだった。それに王女様が朝食にがっついてたら変よね。おいしくて夢中になっちゃった。気をつけなくっちゃ）

それからルイーゼは先ほどと違って遠慮がちに食事を口にした。一度気にしてしまうとジェラルドや給仕係の目が気になって、さっきまでおいしかった料理がうまく喉を通らない。結局サラダとパンを少し残してしまった。

（これから食事は毎回この緊張感がつきまとうのね。消化不良になりそう）

そう考えると胃が重くなったが、マナーに関しては誰にも何も言われなかった。特に奇異な目を向けられていたようにも感じない。とりあえず合格だろうと考えて、ルイーゼは安心することにした。しかし。

「俺はこのあと公務がある。先に失礼する」

ジェラルドは食事を終えると食後のコーヒーも飲まず、さっさと席を立ってしまった。一度もこちらを見ずに立ち去った姿を見て、ルイーゼもさすがに彼の態度が好意的でないことに気づく。

（ジェリー、怒ってる？　私やっぱり何か粗相をしたのかしら……）

胸がズキリと痛むのは、自省が理由だけではない。

ずっと会いたかった彼とせっかく再会したのに、笑顔を交わし合えないことが悲しい。

本当は抱き合って再会を喜んでたくさんお喋りをして笑い合いたいのに。今のルイーゼでは彼の笑顔を見ることも叶わない。

（……もっと努力しよう。私がもっと王族らしく振る舞えれば、ジェリーも笑いかけてくれるはず。ルシア様がいつ見つかるかわからないけれど、それまで精一杯尽力しよう）

そう決意を新たにして、ルイーゼはカップの紅茶を飲み干すと席を立った。

その日の昼。

中庭には模造刀で素振りをしているジェラルドの姿があった。

「二百九十九……三百！」

上着を脱ぎシャツ姿のジェラルドは汗だくだ。それでもまだまだ続けそうな彼の姿を、カスパルが庭木に凭れかかりながら呆れた顔で眺めていた。

「大公殿下。そろそろ戻りましょう、午後からは結婚式の打ち合わせがございます。お支度を整えなければ」

カスパルの言葉に、ジェラルドは渋々といった様子で「……わかってる」と呟くと、そばにいた侍従に模造刀を投げて渡した。

「結婚式、か……」

ため息と共に吐き出した声は、明らかに不満が滲んでいる。

カスパルはジェラルドにタオルを差し出しながら、「今さらご結婚に不服でも？」と小声で尋ねた。本当は聞くまでもない。ジェラルドは昔から悩みや不満があるとこうして剣を振り続け、体を動かし汗を流すことで気分を発散させるのだ。今もジェラルドが何か大きなストレスを抱えていることは明白だが、カスパルは友人のよしみとして一応聞いてやることにした。

「不服などない。この結婚を受け入れると決めたのは俺自身だ、今さらああだこうだ嘆くつもりもない。……ただ、俺はどうやら花嫁に随分と嫌われているようだ」

タオルで顔を拭きながら話したジェラルドに、カスパルは「ルシア様に？」と意外そうに聞き返した。

セロニオア王国のルシア王女といえば無類の男好きで有名だ。好みはもちろんあるだろうけど、ジェラルドにあからさまに冷たい態度を取るとは思えない。

ジェラルドは幼馴染としての贔屓目を抜きにしてもいい男だ。健やかな若木のように逞しくもスラリとした高身長、女性なら誰もがうっとりと見つめずにはいられないほど美しい筋肉を纏った肉体美。整った顔立ちは雄々しく、若き将校らしい凛々しさがある。涼しげな目もとにエメラルド色の瞳は、女性を惹きつけるのに十分な魅力を持っていた。

実際、彼は女性からの人気が高い。実質マゼラン帝国の軍事を双肩に担っているジェラルドは容姿も相まって、多くの女性から密かに結婚を望まれていた。もっとも彼自身はそんな評判も知らなければ、女性に興味も示さなかったのだけれど。

客観的に見ても、ルシア王女がそんなジェラルドを嫌うとは思えない。見目もよく地位も名誉も評判も文句のつけようもない彼は、男好きなルシア王女のお眼鏡に十分適うだろう。

強いて言うならば、性格がまっすぐすぎてあまり細やかな気遣いができないところが玉に瑕だろうか？　そんなことを考えながらカスパルが首を捻っていると、汗で濡れたシャツを脱ぎながらジェラルドがぶつくさと言った。

「喋れないのは声が出ないのだから仕方がない。だが俺と目も合わさないどころか顔も見ようとしない、彼女が見てるのはいつも床ばかりだ。俺の顔は宮殿の床より見る価値がないらしいぞ」

床以下とは随分な酷評だと目を剝きながらも、カスパルは一応尋ねる。

「何かルシア様の気に障ることをされたのではないんですか？」

「してない！　俺は夫としての務めを果たそうと彼女を丁重に扱ったつもりだ！」

ジェラルドは嘘はつかない、誤魔化しも嫌いだ。どうやら彼は彼なりに真摯にルシアと向き合ったらしい。

「……まあ、いい。嫌われているなら嫌われているで構わない。こちらも余計なことを考えず役目を果たせばいいだけだからな」

あきらめたようにそう言ったものの、ジェラルドはやはり不満そうだ。葛藤した末に国のためだと覚悟を決めた結婚なのに、いきなり雲行きが怪しいのだ。煩わしく苛立つのも無理はないだろう。

「ジェラルド殿下……」

「心配するな。子供じゃないんだ、よき夫の真似事くらいしてみせるさ」

新しいシャツに着替えながら微笑んだジェラルドの顔は自嘲気味で、どこかぎこちない。彼に似つかわしくない笑みを見ながらカスパルは、果たしてこの結婚が正しかったのかどうか不安になってくるのだった。


ルシア王女の体調不良のせいで予定より三日ほど遅れたものの、ついに結婚式が開かれることになってしまった。

ルイーゼはこの上なく絶望する。ルシアが失踪してから十日以上が過ぎたが、未だに捕まらないどころか手掛かりすらない有様だ。

　最初はこんなはずではなかった。ルシア王女はすぐに見つかって、結婚式までにルイーゼは無事に解放されるはずだった。「話が違う！」とルイーゼは叫びたい気分だったが、それはアラゴンも同じだ。彼からの手紙にはつらつらと嘆きの言葉が書かれ、どうか結婚式を乗りきってくれと縋（すが）るような文章で締められていた。結婚式の手順と注意点は同封の女官長からの手紙に書かれていた。

（本当に私、どうなってしまうの……？）

　朝からバタバタと身支度の準備が始まり、ルイーゼはひたすら呆然とする。

　さすがに今日は自分で白粉を厚塗りするわけにもいかず、化粧は女官らの手に委ねられた。身の回りの世話をする女官や下女たちの中に本物のルシア王女の顔を知る者がいなかったのは、不幸中の幸いと言えよう。彼女の肖像画を描いた腕のよくない画家に感謝したい。

　体に傷痕があるので風呂だけは自分ひとりで済ませたが、下着姿になってからは女官たちが張りきってルイーゼを飾っていった。

　美しいが幼さの残る顔に洗練された化粧を施し、髪には香油をたっぷりつけ艶を出す。どんどん綺麗になっていく鏡の中の自分は、なんだか本当に本物の王女みたいだとルイーゼは思った。

結婚式用の衣装に身を包むと、まさに本日の主役に相応しい花嫁に仕上がった。

黒髪が映えるように白色をベースにした衣装は、素晴らしくルイーゼに似合った。丁寧に編み込まれた髪に散りばめられた真珠はまるで夜空の星で、見る者をうっとりさせるだろう。白の絹紋織のドレスは艶やかで、上品な草花模様が織り込まれている。トレーンは透けるほど薄い綿モスリンを重ね、ショールにも真珠が散りばめられていた。

「お綺麗です、ルシア様」

そう褒め称えて女官が最後にベールを被せた。レースをたっぷりあしらったベールは薄いものの、花嫁の顔をぼんやりと隠してくれる。これで式の間は俯き続けなくて済むと、ルイーゼは密かにホッとした。

式は宮殿にある大聖堂で行われる。

参列者はホーレルバッハ家と親族、上位貴族に高位宮廷官、それに高位聖職者らが連なる。司教のあとに続いて大聖堂に入場したルイーゼを皆が注目していた。

ルイーゼは心臓が爆発しそうになる。足を一歩動かすだけでも緊張が止まらない。

（小幅で少しずつ、少しずつ。祭壇の前まで行ったら、大司教猊下に一礼。あとは大司教猊下が読み上げた誓いに頷いて、婚姻証明書に記名して……）

頭の中はセロニオアの女官長に教わった式の手順でいっぱいだ。

しかし酷く緊張しているルイーゼとは裏腹に、参列者たちからは「ほう……美しいですな。顔はよく見えないが、立ち姿からも匂い立つような色香と品性が窺えます」「どんな噂があろうとやはり一国の王女だな。公の場では威風を感じる」などと評判は上々だ。

そうして慎重に歩を進めたルイーゼはようやく祭壇の前に辿り着いた。数メートルの距離だったのに、何時間も歩き続けてきたような疲労を感じる。

気を張っていたせいで周囲がまったく目に入っていなかったルイーゼは、祭壇の前に立っている人物にようやく気がついた。

儀式の手順で先に入場し祭壇の前で待っていたジェラルドは、式典用の大礼装を纏っている。袖と詰襟に金の刺繍が入った紫色の軍服で腰には金色の房付きの帯を巻き、胸には幾つもの勲章が飾られている。その中には一年前の連合国との大戦で得た名誉勲章も輝いていた。

髪もいつもより丁寧にセットされ、後ろへ流すようなスタイルにしてある。ジェラルドの精悍な顔立ちとよく似合っており、まるで風に吹かれる銀の狼のようだ。

（ジェリー……なんだか今日はいつもよりもっと格好いいみたい）

再会したときから、すっかり大人に成長した彼に目を奪われることは何度もあったが、今日はことさら魅力的に見える。

つい見惚れてしまいそうになるのをこらえながらルイーゼは前を向き、式は順調に進んだ。震えそうになる手で婚姻証明書にサインをし、小さく息を吐き出したときだった。

「それでは、夫婦になる証の口づけを」

大司教の言葉に従って、ジェラルドがルイーゼのベールを捲る。顔を見られそうになりルイーゼは反射的に一歩後ずさってしまった。

（あ……）

今日ばかりは顔を見られることは避けようがない。ここで口づけを拒む方が問題だ。

ルイーゼは覚悟を決めると前に一歩出て顔を上向けた。もはやどうにでもなれという心境だ。

初めてはっきり顔を見せたルイーゼに、ジェラルドは驚くような反応はしなかった。それもそうだろう、彼も本物のルシアの顔は肖像画でしか見たことがない。彼が驚くのはこのあと本物のルシアが戻ってきたときに顔が違うと気づいた瞬間だろうが、そのときの心配をする余裕はもはやルイーゼにはない。

しかし、平静さを保っているもののジェラルドからは不快そうな雰囲気が見て取れた。

ルイーゼを映す瞳はいかにも不満を言いたげだ。

（また怒ってる？　私、何か間違えたかしら）

途端に不安が湧き思わず眉根を寄せそうになったとき、素早く口づけが落とされた。

（あっ……）

今の今までルイーゼの頭も心も、ただ手順を間違えないことでいっぱいだった。柔らかくて少し冷たい感触を唇に感じてようやく自覚する。自分が生まれて初めてのキスをしていることに。

（私、ジェリーとキスしてる……！）

結婚式に接吻があることは把握していた。ただそれは儀式の手順としか認識しておらず、いざ唇が触れ合って、ルイーゼはそれが自分の心にどんな意味をもたらすかをようやく理解した。

（どうしよう、どうしよう。私、偽物の花嫁なのに）

さっきまでとは違う心臓の高鳴りが体中に響く。本当の花嫁ではないのに接吻を受けてしまった罪悪感の奥に、隠しようのない喜びと切なさが込み上がってくる。

それは、心の奥に十年以上大切にしまってきた想い。

ずっとずっと好きだった。会いたいと希ってきた。太陽のような笑顔も、不器用で温かな抱擁も、世界で一番嬉しかった言葉も、何ひとつ忘れていない。

（……ジェリー……）

嘘だらけで彼を欺いている酷い状況だとわかっていても、ルイーゼは嬉しかった。つらいことばかりの人生だけれど、初めての口づけを世界でただひとり大好きな男性に捧げられたことを幸せに思う。

(ああ、ジェリー)

無意識にルイーゼの瞳には涙が滲んでいた。瞼を閉じた拍子に涙の粒が輪郭を辿って滑り落ちていく。

唇が離れたとき、ルイーゼは自分が彼の袖を握っていたことに気づいた。どうやら気持ちが昂って掴んでしまったらしい。

(いけない、変なことしてしまったわ。またジェリーが不機嫌になっちゃう)

慌ててパッと手を離し、ルイーゼは恐る恐るジェラルドの顔を窺う。すると彼はさっきとは打って変わって、目を見開き驚いたような表情をしていた。

彼が呆気に取られるほどおかしな行動をしてしまったのかと焦ったルイーゼは、口をパクパク動かして「ごめんなさい」と謝った。声は出ていないが口の形で伝わるかもしれない。

それを見てジェラルドはハッとした表情を浮かべると、ルイーゼから顔を逸らし祭壇の方へと向き直った。ルイーゼも慌ててそれに倣う。

その後は大司教の言葉で式は締めくくられ、ジェラルドとルシアは正式に夫婦と認められた。

結婚式が終わってもルイーゼの悩みはまだまだ尽きない。新たな大公妃をお披露目するための晩餐会、それに舞踏会と続くのだから。

しかしルイーゼも今まで暢気に構えていたわけではない。入宮してから部屋に籠もっていた一週間、密かにダンスの練習をしていたのだ。

アラゴンからは、万が一のことを考え最低限のダンスのステップを覚えるようにと教本の差し入れがあった。侍従に扮した連絡係の男も、ステップの練習に何度か付き合ってくれた。

音楽もなく師もいない環境でダンスを覚えるなど正気の沙汰ではないが、もともと勘がいいのかルイーゼはワルツの振り付けだけは一週間で身につけることができた。もっとも、いざジェラルドとまともに踊れるかどうかはわからないし、カドリールなど他のダンスを覚える余地はなかったけれど。それでもダンスのダの字もわからぬ状態よりはずっとマシだろう。

晩餐会も失敗なくこなせたのは、結婚式までにジェラルドと朝食や夕食を共にした経験が大きい。ルイーゼは食事のたびにこっそりと彼を観察して、より王族らしい上品な所作を研究していた。

それに加え、声が出ないせいで喋らなくて済んだのはやはり大いに助かった。薬を飲まされたときはアラゴンのことを人でなしだと恨んだが、今となっては正解だとも思う。国のことも政治のことも芸術のことも、客人らに何を聞かれてもルイーゼは答える知識など持っていないのだから。

そうして晩餐会を無事に終え、舞踏会ではかなりぎこちないながらもワルツを一曲踊ることができた。客観的に見ればダンスはとても王族の腕前とは思えないものだったけれど、それ以上にルイーゼの美しさに皆目を奪われた。

結婚式とは打って変わって薔薇をモチーフにした深紅の舞踏会用のドレスは、ルイーゼを華やかに艶やかに魅せた。潤沢な睫毛とぽってりした唇を持ったルイーゼの顔立ちは、化粧とドレス次第で蠱惑さを増す。舞踏会の客たちは花嫁のダンスの腕前より、エキゾチックささえ感じられる美貌に釘づけになった。

しかし今度こそ顔は丸見えだ。なるべく化粧を厚くしサイドの髪を垂らすことで顔を隠したが、知る者が見ればバレてしまうだろう。

憂慮するルイーゼだったが、実際にルシア王女の顔を見たことがある者が声を大にして騒ぐことはなかった。

　アラゴンが厳選しただけあって背格好に関してはルイーゼとルシアはよく似ていたし、遠目には化粧を厚くした彼女の顔を「絶対に違う」と言いきれるほどの確信は持てなかったのが主な理由だ。

「ルシア様はどこか雰囲気が変わられたような……？」

　そうやって首を傾げる者もいたが、「あの方は派手好きだからな。今日は一段と化粧が濃い。見ろ、あのつけ睫毛を。今日は南の異国風な顔立ちだ」と一笑に付す者の方が多かった。

　それでも首を傾げ続ける者もいたけれど、結婚の祝宴で花嫁の顔が違うと叫ぶのは勇気のいることだ。彼らは何かおかしいと思いつつも、遠目にルイーゼを眺めるだけにとどまった。

　ルイーゼはジェラルドとのワルツが終わると、疲れたことを理由にそそくさと会場をあとにした。とりあえずお披露目は無事に済んだのだ。挨拶をしたがっていた者は残念そうだったが、咎める者は誰もいなかった。

　自室へ戻る廊下で、ルイーゼは特大の安堵のため息を吐く。ここまですべて乗りきったことを神様に感謝したいし、自分を褒めてやりたい。

アラゴンは無事に身代わりの務めを果たしたら報酬を取らせると言っていたが、これは一生分のパンをもらっても割に合わないのではと思う。

（一生分のパンとバターと卵を請求してやるわ！）

しかしルイーゼはまだわかっていない。これから迎える夜こそが、身代わり花嫁の最大の試練であるということに。

部屋で入浴を終えたルイーゼのもとにやってきた年配の女官は恭しく言った。

「本日よりルシア様のご寝所は、ご夫婦の寝室になります」

別の女官に髪を梳（と）かしてもらっていたルイーゼは、その言葉の意味を理解するまで時間がかかった。そしてようやく夫婦の寝室が何を意味するのか悟ったとき、一瞬で顔が真っ赤に染まった。

（嘘！　嘘でしょう⁉　まさかルシア王女の代わりに夫婦の営みまでするの？　私が？）

いくらなんでもそれはできないと、ルイーゼは反射的に首を横に振る。

しかし年配の女官は軽くため息をつくと、諭すように「ルシア様」と呼びかけてきた。

「マゼラン宮殿へ来られてからルシア様のご体調が芳しくないのは存じております。けれど今宵はジェラルド様とルシア様がご夫婦になられた初めての夜。どうか妃の務めを果たそうという姿勢だけでもお見せください。でなければ宮殿でのお立場が悪くなりますよ」

まっとうなお説教にルイーゼは唇を噛みしめる。

彼女の言うことは正しい。入宮してから体調を理由に部屋に籠もっていただけでも印象が悪いのに、さらにまた体調を理由に初夜を拒否しようものならルシアの評判はとことん落ちる。マゼラン帝国とセロニオア王国の友好の証としての婚姻なのに、これでは両国の溝が深まりかねない。

しかし、そんなのはルイーゼの知ったことではないのだ。

ルイーゼは強引にこの婚姻に巻き込まれただけの、ただの下女だ。しかも風来坊のようにあちこちの国で売られたり買われたりしていたので、マゼラン帝国のために尽くそうという愛国心もない。完全な部外者である。

両国間の関係などどうなったっていい！　と叫んでこの場から逃げ出したいのが本心だ。けれどそれをするにはルイーゼはあまりに優しすぎた。

（……ここで私が拒んだり逃げたりしたら、ジェリーはきっと傷つくわ。彼の顔に泥を塗ることはしたくない）

ジェラルドを大切に思う心だけが、ルイーゼをこの場に留まらせていた。

（とりあえず寝室に行くしかないわ）

そう覚悟したものの、その先はどうするべきか考えあぐねる。

王族としての振る舞い方はひと通り教わったものの、さすがに閨での作法は教わっていない。ルイーゼも人並みの性知識はあるが、王族がベッドでどんな振る舞いをすればいいかなど想像がつくはずもなかった。

さらにもうひとつ大きな心配事がある。体にある傷痕のことだ。

十年前にジェラルドを逃がしたときに受けた折檻のせいで、ルイーゼは背中に消えない傷痕を負ってしまった。鞭で叩かれて肉が裂けた痕だ。いくらなんでも王女であるルシアにそんな傷痕があるのはおかしい。見ればジェラルドも不審に思うだろう。

（彼を拒まず、なんとか同衾の時間をやり過ごす方法はないかしら。部屋に入るなり気を失ったふりをしてみるとか）

あれこれ頭を悩ませているうちに夜着の支度が済み、女官に案内されて夫婦の寝室の前まで来てしまった。穀物の模様が彫られたオークの扉が、戦地の最前線に見える。

「ジェラルド殿下。申し上げます、ルシア様のお支度が整いました」

緊張と戸惑いで引きつっているルイーゼに構わず、女官が扉をノックして告げる。中から「入れ」という答えが返ってくると、女官は一礼してそのまま去っていった。

汗の滲む手で真鍮のノブを握り、そっと扉を開ける。

寝室は広く、ゴールドのフロック加工の壁紙に囲まれた重厚感の滲む雰囲気だった。広いベッドには円形の天蓋とモスリンのカーテンがついていて、金で覆われたヘッドボードにはマゼラン帝国の龍の紋章が溝彫りされている。

今まで使っていた寝室も十分豪華ではあったが、夫婦の寝室はどことなく厳かさが漂う。それがルイーゼをさらに緊張させた。

ジェラルドはシャツと脚衣の上にナイトガウンを羽織って窓際に立っていた。オイルランプに明かりはついているものの部屋は薄暗く、彼の表情がよく見えない。

部屋に入って扉を閉めたものの、ルイーゼはどうしていいかわからずその場から動けなかった。

（どうしよう、どうしよう。やっぱりここは気絶したふりを……）

挙動不審なルイーゼをジェラルドは眉をひそめて見ていたが、やがて業を煮やしたように大股で近づいてくると目の前までやってきた。

「緊張しているのはわかるが、もっと奥に入ってきたらどうだ」

そう言って肩に触れてきたジェラルドの手に、ルイーゼは過敏に反応してしまう。

驚いてビクリと肩を跳ねさせたルイーゼを見て、ジェラルドは一瞬戸惑う様子を見せたあと、クルリと背を向けた。

「……そんなに怯えるな。別に取って食うわけじゃない」

（あ……）

彼の背を見て、ルイーゼはすかさず後悔した。ジェラルドを傷つけたくないから拒まないと決めたのに、さっそく拒むような反応をしてしまった。

（そうじゃないの、ジェリー。あなたを嫌がっているわけじゃないの。ただ私、どうしたらいいのかわからなくて）

そう伝えたいのに、声が出ないのがもどかしい。あまりのやるせなさにルイーゼが悲しくなっていると、ジェラルドは投げやりにベッドに腰掛け、着ていたナイトガウンを脱ぎ捨てた。

「さっさと済ませよう。きみが俺を好いていないのはわかっているが、これは俺たち王族の義務だ。なるべく優しくするから、きみも両国友好の務めと割りきって協力して欲しい」

彼の発した台詞にルイーゼはますます悲しくなる。自分が不審な態度を取り続けていたせいで、彼をすっかり誤解させてしまった。そのあげく夫婦の初夜を義務などと言わせてしまうなんて。

ずっと下女だったルイーゼに政略結婚の心構えなどわからない。けれど人生の伴侶と初めて共にする夜がこんな無味乾燥では、あまりにも悲しいではないかと思う。

ルイーゼは心を決めると一歩一歩ベッドへと近づいた。ランプに照らされたジェラルドの顔が見える。どこか冷めていて、まるで幸せなど感じていない表情だ。

彼にこんな表情は似合わない。この先ジェラルドと本物のルシアがどうなるかはわからないが、せめて自分がそばにいる間だけでも彼にはこんな顔はさせたくないと思った。

（気絶するのはやめるわ。ジェリー……うまくできるかわからないけど、私、よい妻になるから。夫婦の初夜を虚しい思い出になんかさせない）

ジェラルドの前まで行くと、ルイーゼは頬を染めて一礼した。房事の始め方などわからないが、ひとまず「よろしくお願いします」の意味を籠めて頭を下げる。

それを見てキョトンとするジェラルドの様子に、ルイーゼはやはり間違っていたのかと悟って気まずそうに眉尻を下げた。

しかし彼はフッとわずかに口もとを和らげると、「ああ、こちらこそよろしく」と応えてくれた。

（あ、通じた……）

声が出せなくても初めて気持ちが通じたことが嬉しい。思わずルイーゼも顔を綻ばせると、ジェラルドは少し驚いたように目を大きくしたあと、視線を逸らしながら気まずそうに頭を掻いた。

「……なんだ、笑えるんじゃないか」

ボソリと呟いて彼はベッドから立ち上がるとルイーゼの顔を両手で包み、唇を重ねてきた。結婚式に続き二度目の口づけに、ルイーゼの胸がジンと感動で震える。

ジェラルドは触れ合わせた唇を離すともう一度角度を変えて押し付け、それからルイーゼの首筋に唇を這(は)わせた。

「……っ」

初めて知るゾクリとした刺激に、ルイーゼの口から吐息が漏れる。

（私、これからジェリーに抱かれるんだわ）

ジェラルドのためなら純潔を捧げることさえ厭(いと)わない。けれど愛撫を受けると途端に彼が男で自分が女だという実感が湧いてきて、今までにない胸の高鳴りが起きた。

「……ぅ、……ん」

彼の唇が首筋をなぞるたび、なまめかしい感触に体が震えた。口づけは首から鎖骨を辿り、広く空いたネグリジェの胸もとまで続く。

ふと視線を向けると、ランプの明かりで影を濃くしたジェラルドの顔が見えた。怖いくらい真剣に見えるその様相は普段と違ってラフな髪型のせいもあり、なんだか別人みたいだ。

けれどルイーゼはそれが嫌ではない。やけに雄々しく感じる今の彼に激しい胸の高鳴りを感じる。

（ジェリー……）

無意識にうっとりとした表情を浮かべていると、ジェラルドの手がルイーゼのガウンの紐（ひも）をほどき、ネグリジェのリボンまでもほどいた。

夫婦の房事を前提に作られた夜着なのだろう、ネグリジェは胸のリボンをほどくと簡単に脱げる仕様になっている。緩んだ胸もとをジェラルドの手が引っ張ると、白い双丘が容易くまろび出た。

（あっ、胸が）

恥ずかしくて咄嗟に隠しそうになったが、その前に彼の手が両胸を撫でてきた。

軍人らしい武骨な手。ずっと剣を握ってきたその手は皮が厚く、甲も骨ばってゴツゴツしている。大きくて指も長くて、ルイーゼの手など握られたらすっぽり収まってしまいそうだ。

そんな男らしいジェラルドの手が、ルイーゼの清らかな胸の柔肌を揉（も）みしだいている。

ふっくらと丸みを帯びた膨らみは、男の大きな手によって包まれ、優しく捏（こ）ねられ、淫靡（いんび）に形を変える。

（そんなにさわられたら、恥ずかしい……）

ルイーゼが羞恥で微かに震えていると、手が止まった。彼の顔にもほんのり赤みが差している。

「……ベッドへ」

立ったままだったルイーゼはジェラルドに背を押して促され、頷いてからベッドへ上がった。

露わになった胸を腕で隠しながら寝そべろうとしたとき、彼の手が肩を摑んで止めた。

「これは邪魔だから、先に脱いだ方がいい」

そう言ってもう片方のジェラルドの手が、脱げかけていたガウンとネグリジェを剝ごうとする。背中にヒヤリとした空気を感じたとき、ルイーゼは反射的に彼の手を払い除けてしまった。

（せ、背中は見ないで！）

大声で訴えたいが、声は出ない。寝そべってから自分で脱ぐと伝えたいのに、口をパクパクするだけでは叶わなかった。

手を払い除けられたジェラルドの表情が再び曇る。

（さわられることが嫌なんじゃないの。ただ、背中が見えそうになったから……）

今ほど声が出ないことを恨めしく思ったときはない。

「受け入れるように見せたかと思えばまた拒む……あなたは俺を馬鹿にしてるのか？」

苛立ちを口にしてきたジェラルドにルイーゼは焦って首を横に振る。そんなつもりはないと、心で必死に叫んだ。

しかしジェラルドは自分の髪をクシャリと掻き上げると、「ああ、もういい。さっさと済ませよう。あなたが何を考えていようと俺には関係ない」と吐き捨てるように言って、再びネグリジェに手をかけてきた。

（待って、自分で脱ぐから！　今は脱がさないで！）

咄嗟に手を止めて首を横に振ったルイーゼを見て、ジェラルドはチッと舌打ちをすると強引にネグリジェを引っ張った。

「いい加減にしてくれ！　これは俺たち王族の義務だ、遊びじゃないんだ。どんなにあなたが俺を嫌って拒もうと、子を作ることは避けられない。それともなんだ？　床を共にしたふりだけして、あなたは他の男の子供をこっそり孕もうとでも言うのか？」

怒りを露わにしたジェラルドが感情のままに手に力を籠めると、薄い綿のネグリジェはあっさりと裂けた。レースとリボンで妖艶ながらも上品だったネグリジェは、無残な布切れになる。

「……っ！」

ルイーゼは息を呑んだ。彼が故意にやったのではないとわかっていても、強い男の力を見せつけられたようで身が竦む。

その様子を見てジェラルドも我に返ったようで、ハッとした表情を浮かべた。

「す、すまない。乱暴をするつもりでは——」

ルイーゼを落ち着かせようと肩に手を伸ばしたジェラルドが言葉を失う。裂けたネグリジェの隙間から、恐怖で思わず身を縮こめたルイーゼの背中が見えていた。

「……傷痕？」

呟くように口にした彼の言葉を聞いて、ルイーゼの顔色が変わった。咄嗟に背を隠すようにベッドの上で後ずさるが、もう遅い。

「もしかして……背中に傷痕があるのか？　それを見られたくなくて服を脱がされるのを嫌がっていたのか？」

もう終わりだとルイーゼは思った。ここまで死ぬ気で頑張ってきたが、ついにバレてしまった。偽物だと断罪されて彼と引き離され、さらに刑に処される未来しか見えない。

（やっぱり寝室に来るべきじゃなかった……。気絶してでも絶対にベッドに来るべきではなかったんだわ）

ジェラルドを傷つけたくなくて取った行動だというのに、結果的に何もかも終わりにしてしまった。自分の浅はかさを後悔するが手遅れだ。

唇を噛みしめて震えるルイーゼを、ジェラルドが唖然とした表情で見ている。その視線がルイーゼの胸を締めつけた。

（ああ、ごめんなさい、ジェラルド。あなたを欺いてしまって、ごめんなさい）

きっと彼は酷く傷つくだろう。男としてのプライドも皇子としての尊厳も滅茶苦茶に踏みにじられたのだから。

そう思うとルイーゼは涙が溢(あふ)れてきて止められなくなってしまった。この先、自分が処刑になるかもしれない絶望より、ジェラルドを傷つけてしまったことがつらい。

十八年間生きてきて大切に思えたたったひとりの人なのに、これではまるで彼を傷つけるために再会したみたいではないか。

ルイーゼはそんな運命を背負ってしまった自分を憎んだ。心の中でごめんなさいと繰り返しながら、顔を覆って泣き続けた。

すると。

「……すまない。本当に悪かった。あなたを誤解して酷いことを言ってしまった、心から謝罪する」

今までに聞いたことがないほど静かな声と共に、体を優しく抱きしめられた。てっきり傷痕のことを問い詰められるか、衛兵を呼ばれてすぐに捕らえられるかと思っていたルイーゼは、驚いて目を丸くする。

ジェラルドは眉尻を下げ、本当に困っている様子だった。何か企みがあるようには見えない。

ルイーゼが涙を零したままキョトンとしていると、ジェラルドは不器用な手つきでそっと頭を撫でてきた。まるで泣いている子供を慰めているみたいだ。

「怖かったよな、声が出ないせいで説明もできないのに無理やり服を破かれて……。すまなかった」

（ジェリー……）

だんだんと彼の言葉と気持ちが心に染みていき、ルイーゼは今度は感激で涙が溢れた。

彼は変わっていない。子供の頃から何も。誰よりも優しくて、けれども不器用で。正義感の強い素直な心は、今も変わらずここにある。

（ジェリー。あなたはやっぱり私の大好きなジェリーだわ）

妻の素性に疑問を抱くより、自分が傷つけ泣かせてしまったことに罪悪感を抱き一生懸命に慰める彼が好きだ。ルイーゼは感激の涙を止められないまま、彼の胸に顔をうずめた。

しかし。

「……側近によく言われるんだ。『きみはもっと人の事情を汲むべきだ』と。その通りだ。俺は人の……特に若い女性の事情や心の機微などわからない。はっきり言ってくれない限り、自分の正義を押し付けてしまう。悪い癖だ。だから……言い訳のつもりではないが、あなたがそんな事情を負っているなんて思いもしなかった。いや、簡単に言えるわけがないよな、一国の王女が体に傷があるなんて。セロニオアからは『傷物の王女』とは聞いていたが、まさか本当に体に傷があるという意味だとは思っていなかったんだ。許してくれ」

彼の言葉を聞きながら、ルイーゼは少し複雑な気持ちになってきた。

どうやらジェラルドはまだルイーゼのことをルシアだと信じて疑っていないようだ。それはこの危機的状況を考えると実に助かることなのだが、罪悪感も否めない。

（ルシア王女のことを、背中に傷痕のある人だと思い込んでしまったわ。……これってもう、本物のルシア王女が戻ってきても入れ替われないんじゃ）

状況がさらにややこしくなってしまった予感にルイーゼは硬直する。

その様子を恐怖で強張っていると思ったのか、ジェラルドは脱ぎ捨てた自分のガウンを拾うとそれをルイーゼの肩に掛けて微笑みかけた。

「少し夜風にあたるか。気持ちが落ち着くかもしれない」

どうやら泣かせてしまったことに責任を感じているようで、とても気を遣ってくれる。ルイーゼは素直に頷いて、彼と一緒にベッドを降りた。確かに少し気持ちを落ち着けた方がよさそうだ。

寝室の大きな窓の外は広いバルコニーになっていた。頭上には満天の星が輝き、柔らかな夜風が吹いている。

(気持ちいい)

夜風は咲き初めのプラムやチェリーブロッサムの香りを運んで、ルイーゼの髪を優しく靡かせる。さっきまでの不安や緊張が溶けて流れていくような心地だった。

空を仰ぎ深呼吸をして風の香りをうっとり感じていると、後ろに立っていたジェラルドが近づいてきた。

「いい月夜だな」

そして隣に並ぶとルイーゼと一緒に空を見上げる。

「俺は今日みたいな満月の夜が大好きなんだ。……昔、満月の夜に忘れられない出会いがあってな」

(えっ)

ルイーゼはドキリとした。まさかという思いがよぎる。

（それって、十年前のこと……？）

あの満月の夜はルイーゼにとって忘れられない思い出だ。けれどジェラルドも同じ思いを持ってくれているかはわからない。皇子である彼はルイーゼと違い人生で楽しかった思い出や出会いなどたくさんあるだろう。十年前の幸せな思い出に縋って生きてきたルイーゼと違い、多忙で幸福な彼があの夜のことなど忘れてしまっていても無理はない。

けれどジェラルドの言葉に胸がときめくのが抑えきれない。もしかしたら彼も満月を見るたびに〝ルー〟のことを思い出してくれていたのだとしたら、こんな嬉しいことはないだろう。

ドキドキと高鳴る胸を手で押さえながら隣のジェラルドを見上げていると、ふいに彼もこちらを向いた。

「子供の頃の思い出話だがな。いつかあなたにも話そう」

そう言って微笑みながらルイーゼの顔を見たジェラルドが、ふと表情を変える。

「……そうか。化粧をしていないのか。いつも白粉を塗っているせいか、なんだか印象が違って見える」

彼の目がじっくりと見つめてきたことに、ルイーゼはハッとして慌てて俯こうとした

――が、遅かった。

「……星の瞳……？」

ジェラルドが驚きの混じった声で呟いた。

ルイーゼの体に不穏な緊張が走る。初夜や背中の傷痕といった問題の連続で、瞳にまで気が回っていなかった。今夜は満月だ。月夜の下では瞳の色が変わってしまうというのに、うっかり彼に見られてしまった。

「まさか」

下を向こうとしたルイーゼの顔を手で包むように摑んで、ジェラルドが見つめてくる。月の下でだけ琥珀色の中に青色が浮かび上がる瞳は珍しい。ルイーゼは今まで色々な国へ行ったが、自分以外に同じ特徴を持つ人間を見たことがない。

これはルイーゼが〝ルー〟である唯一無二の証だ。

（あ……！）

今度こそ正体がバレると思い、ギュッと瞼を閉じた。それを見てジェラルドは焦ったように顔を摑んでいた手を離すと、「すまない、急に摑んだりして。痛かったか？」と謝った。

ルイーゼは顔を俯かせ小さく首を横に振る。ふたりの間に沈黙が流れた。

（どうしよう、どうしたらいい？　もしジェリーに「ルーなのか」って聞かれたら……）

考えようとしたが頭が混乱してうまく考えられない。ちらりとジェラルドの様子を窺うと、彼は信じられないことが起きたように呆然としたまま、何かを考えているようだった。そして「そんなことがあるわけが……」と小さく独り言ちると、ルイーゼが見ていることに気づきハッと表情を変えた。

「ああ、なんでもない。驚かせて悪かった。知人に似ているような気がしたんだ」

動揺を隠すようにジェラルドが曖昧に微笑む。ルイーゼはなんとなく彼がまだ確証を持てていないのだと感じた。

きっとジェラルドはルイーゼ以上に混乱している。星の瞳はルーが持つこの世で他にないものだが、目の前の女性がルーだとは信じられないのだろう。何故なら彼女はセロニオア王国の由緒正しきルシア王女なのだから。下女であったルーのはずがないのだ。

ジェラルドの頭の中に「何故」「どうして」という疑問符がいっぱい浮かんでいることは、その顔を見れば明白だった。笑顔で繕ってはいるが、動揺が隠しきれていない。

頭から煙が出そうなほど考え込んでいたジェラルドだったが、業を煮やしたのかついに直球で問いかけてきた。

「ルシア。あなたは何者なんだ？」

その質問にルイーゼは彼の顔を見上げたあと、黙って瞳を伏せる。答えることはできない。

声が出ないので尋ねられても困るというのもあるが、真相を話すわけにも当然いかない。ルイーゼの態度に彼女の気を損ねたと思ったのか、ジェラルドは口もとを手で押さえると「すまない。失礼なことを言った、忘れてくれ」とすぐさま反省した。

再び沈黙が落ちた。

他に誰もいないバルコニーは静かだが、ふたりの心の中は大騒ぎだった。疑問でいっぱいのジェラルドと、いつ正体がバレてもおかしくないルイーゼ。月の美しい夜はたまらなくロマンチックなのに、ふたりの間に流れる空気はなんともいえない微妙なものになっている。

そのとき、夜風が吹き抜けてルイーゼは小さくくしゃみをした。

「空気が少し冷えてきたな。部屋へ戻ろう」

ジェラルドも微妙な沈黙から抜け出すきっかけを探していたのか、すぐさまルイーゼの肩を抱いて部屋に戻ろうとした。しかし偶然触れた剥き出しの腕の冷たさに目を瞠る。

「酷く体が冷えてるじゃないか。このままだと風邪をひくぞ」

自分では気づかなかったが、夜風に晒されて体が冷えきっていたらしい。そのことを自覚した途端寒い気がしてきて、ルイーゼは体をブルリと震わせた。

「暖炉に火を……いや、湯に浸かった方がいい。すぐに風呂を用意させる」

深夜だったが、風呂の用意は早かった。ジェラルドたちの初夜ということで、情交のあとに湯浴みをする可能性を考え女官や下女らが準備していたようだ。

ジェラルドが命じてから三十分もしないうちに、女官が風呂の支度が整ったことを伝えに来た。

「さあ、ゆっくり温まってくるといい」

ジェラルドに促され、ルイーゼはコクリと頷いて浴室へ向かった。

気のせいだろうか、先ほどから彼の態度がやけに優しい。今夜は何度もルイーゼを泣かせてしまったことに罪悪感を覚え気を遣っているのかと思ったが、なんだか違う気もする。

バルコニーから戻って風呂の準備が整うまでの間も、ジェラルドはルイーゼと共にベッドに腰掛けながらずっと体を抱き寄せていた。「寒くないか？」と何度も尋ねながら、自分の体の熱を分け与えるように懐に包んで。

不思議に思ったものの、ルイーゼは嬉しくなってしまう。子供の頃、寒空の下でお喋りをするときはいつも彼が自分の外套にルイーゼを入れてくれて、身を寄せ合って暖をとっていたことを思い出した。

（今夜は色々あってどうなることかと思ったけれど……、ジェリーが優しくなったのは嬉しいわ）

体は冷えているが心は温かくなって、ルイーゼは浴室の扉を開けた。

浴室は寝室と扉で繋がっている。浴室は半分から奥が滑らかな石造りの床になっており、一般のものより大きな銅でできたバスタブが置かれている。天井からは薄いレースのカーテンが掛けられ、温かい湯がなみなみと汲まれたバスタブにはいい香りのする香油が入れられていた。

ルイーゼが風呂に入るときは手伝いを使わないことを知っているので、女官らは部屋から出ている。広い浴室のついたての奥でルイーゼはジェラルドのガウンと破れてしまったネグリジェを脱ぎ、ドロワーズも脱いで一糸纏わぬ姿になった。

(ああ、温かい。気持ちいいわ)

湯気の立つバスタブにゆっくり足を入れると、爪先からじんわりと温かさが体に広がった。肩まで湯に浸けると、染み入るような温かさにホッと息が漏れる。

(これで今夜はゆっくり眠れそう)

緊張しっぱなしだった今日一日だが、ようやく解放されたような気がする。

もう時間も遅い、風呂から出たらあとは寝るだけだろうとすっかりくつろいだ気分でいたときだった。

ガチャリと部屋の扉の開く音がして、ルイーゼは驚いて肩を跳ねさせた。「誰?」と尋ねたいが声が出ない。

足音がゆっくりと近づいてきて、ついたての前で止まった。

「ルシア。俺だ」

かけられた声を聞いてルイーゼはさらに驚いた。ジェラルドだ。どうして彼が浴室に入ってきたのかわからず、目をぱちぱちとさせる。

「その……俺も体が冷えたから湯に浸かろうと思って。いいか？」

（駄目よ！　今出るから私が着替えるまで待って！）

口を動かして出ない声で叫ぶ。けれど当然ジェラルドにそれは伝わらない。

てっきり今夜はもう何もしないで寝るものだと思っていたが、考えが甘かったようだ。新婚の初夜はまだ続いていたらしい。

（だからって、何もお風呂まで来なくても……。せめてベッドで待ってて）

浴室はランプの数が多く寝室より明るい。体を見られるには恥ずかしすぎる。

しかしそんなルイーゼの願いも届かず、衣擦れの音がしたかと思うとついたてにジェラルドの脱いだシャツと脚衣が掛けられた。

（待って！　まだ心の準備が……）

ついたての陰から姿を現したジェラルドは一糸纏わぬ姿で、ルイーゼは慌てて顔を逸らしバスタブの中で身を縮めた。

（ジェリーの馬鹿！　いくらなんでも大胆すぎるわ！）

視線を外したものの、ルイーゼの網膜には彼の裸体が焼きついてしまった。厚い胸板に逞しい上腕、割れた腹部と引きしまった腰。そして扇情的なラインを描く鼠径部と、そこから続くもっとも男らしい部分。

ルイーゼは生まれて初めて男性の完全な裸体を見た。驚きと妙な感心と恥ずかしさが混じって、頭が沸騰しそうになる。

彼の方を見ないように必死に顔を背けバスタブの隅に縮こまっていると、チャプンという水音と共に水かさが増した。

「温かいな。ちょうどいい温度だ」

ルイーゼは理解した、このバスタブが普通のものより大きな理由を。

これは夫婦が共に入るためのものなのだ。その証拠にジェラルドはルイーゼを長い脚で挟み込むように後ろに座ったが、実にバスタブのサイズにしっくりくる体勢だ。

彼が最初からそのつもりで風呂を用意させたのか、それとも途中で思い立ってやってきたのかはわからない。けれどルイーゼはこの夜二度目の初夜の緊張を抱かなければならなくなった。

ドキドキという心音が体に響くほど大きい。少しの静寂のあと水面が揺れる気配がして、ジェラルドの手が髪に触れているのを感じた。

「黒髪、か。この国では珍しいが俺は嫌いじゃない」

彼の長い指が髪を梳き、ひと房手に取り、そこに口づけを落とす。その唇は髪をなぞって、ルイーゼの白い首筋に辿り着いた。

「……っ!」

後ろから首に口づけられ、ルイーゼの体がピクリと跳ねる。ジェラルドの手がルイーゼの髪を捲り、くすぐるようにうなじを舐める。敏感なうなじをねっとりと舌でねぶられ、ゾクゾクと背が震えた。

ジェラルドはそのまま後ろから耳を愛撫すると、片方の手でルイーゼの顎を掬った。人差し指で唇をなぞり、だんだんと中央へ指を寄せていく。

なんとなく舐めろと言われてる気がして、ルイーゼは唇を薄く開くと彼の指を咥えた。

(ジェリーの指を舐めるなんて変な感じ。でも……嫌いじゃないわ。長くて骨ばってて硬くて、私この指が好き)

無骨だけれども優しい彼の指が好きだ。そう思うとなんだか愛しくて、ルイーゼは唇に咥えた指に舌を絡め丹念に舐めた。

「ん……っ」

ジェラルドが吐息のような声を漏らした。くすぐったかっただろうかと思ったが、指を引かなかったので嫌ではないらしい。

ルイーゼが指を咥え続けていると、今度はもう片方の手が胸へと伸ばされてきた。大きな手が包むように胸に触れ、やわやわと揉む。やがてその動きは小刻みになり、人差し指と中指が胸の頂を挟み込んだ。

(きゃっ)

こんな場所を人にさわられるのは初めてだ。着替えのときなど自分で触れてもなんともないのに、ジェラルドの指に挟まれた途端、不思議な感覚に襲われた。

(何？　なんだか変だわ……)

くすぐったい感触と恥ずかしいと思う気持ちが繋がっているように感じる。

ジェラルドの指は乳頭を挟み込んだまま転がすように動く。その淫靡な動きを見ていると、ルイーゼの中の不思議な感覚はますます大きくなっていった。

「……っ、ぅ……ん」

音にはならないが、ルイーゼの甘い喘ぎは微かな振動となってジェラルドの指に伝わった。それと連動するように指に挟まれた胸の実が硬くしこっていく。

「感じているのか」

独り言ちるように静かな声で尋ね、ジェラルドはルイーゼの口から指を抜くと両方の手で乳頭を摘まんだ。今度は親指と人差し指で捏ねたり、軽く引っ張ったりと敏感な実を虐める。そのたびにルイーゼの体はピクピクと震え、声の出ない口からは喘ぎに似た吐息が漏れた。

(あっ、あっ……。そんなに弄ったら駄目……)

自分では気づいていないが、ルイーゼの顔は赤く染まっていた。耳まで真っ赤だ。ジェラルドは一度離した唇を再びルイーゼの耳に寄せる。

(きゃんっ!)

耳朶を甘噛みされて、体中の神経にさざ波が起きた。同時に乳頭を刺激されているせいか、さっきよりも耳朶が敏感になっているみたいだ。

(なんだか体がおかしいわ……。駄目、ジェリー。これ以上は……)

耳がジェラルドの唇も舌も吐息さえも過敏に捉える。ゾクゾクとした刺激が胸の先に伝わって、摘ままれた乳頭が甘い痺れを生み出した。

初めての感覚が恐ろしい気がしてもうやめて欲しいのに、もっと触れて欲しいとも思う。触れられれば触れられるほどジェラルドのことが愛おしくなり、背に感じる彼の胸板にさえ甘いときめきを覚えた。

「そんな顔もするのか。……あなたは化粧をしない方がいいな」

耳から口を離したジェラルドが、首を伸ばしルイーゼの顔を覗き込みながら言った。

『そんな顔』とはどんな顔だろうとルイーゼは思う。さっきから顔が熱いので、赤く染まっていることだけはわかるが。

おずおずと彼の方を振り返ると、唇を重ねられた。今日三度目のキスは、初めて舌が口腔の中に入ってきた。ルイーゼは驚いたが、彼の舌を噛まないように気をつけてそれを迎え入れる。

ジェラルドの舌はルイーゼの頬の内側や舌をねぶっていく。その間も彼の指は乳頭を捏ねたり弾いたりして弄び続けた。

されるがままに口の中を嬲られていたルイーゼだが、「あなたも舌を出せ」と命じられ、ためらいながらも舌を伸ばした。

「っ、……んん」

舌と舌を絡めるのはなんてなまめかしいのだろうと、ルイーゼは恥ずかしくなる。本来は卑猥なものではないはずなのに、今はまるで淫らな場所を擦り合わせているみたいだ。

息が苦しくなってくると唇が離れ、また角度を変えて深く交わってくる。それを繰り返しているうちにルイーゼは頭がぼんやりしてきた。羞恥は体を敏感にさせ、胸の刺激が甘い痺れになって全身に広がる。痺れが強くなればなるほど、頭の中は余計なことが考えられなくなっていった。

(ジェリー……好き。好きよ)

うっとりとした気分でいると下肢の間にぬるりとした刺激を感じて、ルイーゼは驚いて目を瞠った。

いつの間にかジェラルドの右手がルイーゼの腿の間にある。彼が秘部に触れたのだと気づいて、咄嗟に止めようと彼の手を摑んでしまった。

けれどジェラルドの手はためらわない。太腿の間に差し込んだ手は、ルイーゼの秘めた割れ目を指でなぞる。閉じていたその場所を開くように指は割れ目に入り込み、上下に何度も往復した。

「もうヌルヌルじゃないか。敏感な体をしているんだな」

耳もとでジェラルドに囁かれ、ルイーゼはさらに顔を熱くした。さっき感じたぬるりとした感触は、自分から染み出た淫らな液だったのだと気づく。

(嫌、言わないで)

恥ずかしくてたまらず顔を俯かせると、耳にキスをされながら言われた。

「顔を上げろ。今宵くらいは俯かないでくれ」

ルイーゼはハッとした。今まで正体がバレることを危惧して顔を俯かせ続けてきた。仕方のないことだったがそれが彼によくない心証を抱かせていたのは確かだ。

今夜はもう瞳の色まで見られてしまった。こうなったらすべて包み隠さず見てもらいたいという気持ちが湧いてくる。

（このあと私の運命がどうなるかわからない。でも今だけは……今だけはありのままの私でいることをお許しください、神様）

身代わり花嫁が成功した暁には一生分のパンを褒美にもらおうと考えていた。けれどもうパンはいらない。その代わり一夜だけでもありのままジェラルドに抱かれることが、最大の報酬だ。

顔を上げるとルイーゼは彼の方を振り向いて自分から唇を重ねた。ジェラルドは一瞬驚いたように目を見開いたが、すぐに官能的な表情を浮かべると貪るようにルイーゼの口腔をねぶった。

「ん、ん……っ、ん」

キスをしながらジェラルドの指が秘裂をまさぐる。粘液の溢れる媚肉（びにく）の間を擦っていた指は、上部に硬い感触を見つけそこを指の腹で転がす。

「……っ！」

ルイーゼの体に電流が走った。今までの刺激の比ではない。全身に鳥肌が立ったみたいで、乳頭までがキュッと勃ち上がった。

「ここか。こうするとどうだ」

ルイーゼの表情を見て察したのか、ジェラルドは秘裂に隠れた突起を集中的に弄る。

小さく円を描くように指の腹で撫でられるとビリビリとした痺れと甘い疼(うず)きが同時に湧き上がり、小刻みに突っつかれると小水を漏らしそうな刺激に襲われた。

（体がどんどん熱くなって疼いておかしくなりそう。これが快感っていうものなの？）

ルイーゼが下女をしていたとき、他の下働きたちが猥談をしていたのを何度も小耳に挟んだ。昨夜寝た男がうまかっただの、気持ちよくて天国に行っただの、その頃のルイーゼにはまったく理解できない話を彼女たちは得意げに喋っていた。

けれど今ならば理解できる気がする。秘所の突起を弄られ、さらに乳頭を摘まれながら口腔をねぶられると、頭がぼーっとして体が溶けそうになって天国へ行ってしまいそうだ。

（ああ、ジェリー。私、あなたに天国に行かされそう。はしたないのに、恥ずかしいのに、それがとっても気持ちいいの）

自分を快感に昇り詰めさせようとしているのがジェラルドの指と舌だと思うと、ますます体が昂ってくる。

「いい表情だ。俺も興奮する」

そう言ってジェラルドは淫芽と乳頭を同時に強く摘まんだ。その瞬間ルイーゼの中で快感が割れたシャボン玉のように派手に弾ける。

「――っ‼」

全身がビクンと跳ねて、湯が大きく揺れた。一瞬、体中の神経が剝き出しになったのかと思うほど体の隅々まで甘く痺れ、ルイーゼは呼吸をすることさえ忘れた。

ジェラルドは指を離してくれたが、いつまでも太腿がビクビクと痙攣(けいれん)している。ようやく呼吸できたときには息が乱れ、全力で走ったあとのように体が疲れていた。

「ハァ……ハァ……」

脱力してジェラルドの胸に凭れかかる。彼の胸板は広く、筋肉の厚みが心地いい。

そのとき、凭れかかって密着した体に違和感を覚えた。腰のあたりに異物を感じる。

何か物でも落としただろうかと思ったルイーゼは、何気なく手を背後に回してそれをまさぐった。

「うっ……！　ま、待て」

（え？）

ジェラルドが素っ頓狂な声をあげたのと、ルイーゼが弾力のある異物を握ったのは同時だった。

振り返り、彼の顔が引きつっているのを見てルイーゼは理解する。そして次の瞬間「きゃあっ！」と声なき悲鳴を上げると水しぶきを上げてバスタブから逃げ出そうとした。

「ちょっと待て！」

立ち上がってバスタブを跨ごうとしたルイーゼを、ジェラルドが手を摑んで慌てて止める。

「何故逃げる。逃げなくてもいいだろう、今はそういう時間だ」

確かに今はふたりとも裸で触れ合っているのだからおかしくはないが、ルイーゼにしてみれば彼のそれを握ってしまったのは完全な想定外だ。握ったときの感触と先ほど見てしまった彼の局部が頭の中を駆け巡り、羞恥で気を失いそうになる。

（ごめんなさい、ごめんなさい。わざとじゃないの。本当よ、信じて）

夢中で口を動かした謝罪は、ジェラルドにも幾らか伝わったようだ。

「気にするな。故意だろうとそうじゃなかろうとどちらでもいい。それより今ここで逃げられる方が由々しき問題だ」

そう言うとジェラルドは立ち上がり、バスタブの縁に座った。ルイーゼはまたしても彼のそれを見てしまう。しかも今は先ほどと違って隆起していた。竿が太く膨張し、重力に逆らって上を向いている。

男性器が興奮したときに大きくなることは知っていたが、見たのは当然初めてだ。驚きと恥ずかしさだけでも頭がいっぱいいっぱいなのに、彼のすべてを知れたような嬉しさも胸の奥にあってルイーゼはますます混乱する。

咄嗟に顔を背けたが、摑んでいた手を引かれて向かい合わせにさせられてしまった。

「見ての通り俺も昂っている。このままあなたを抱きたいが……いいか？」

尋ねられてルイーゼは一瞬戸惑ったが、拒否する選択肢はなかった。今夜は初夜なのだ、ここまできて抱かれるのを拒むわけにもいかない。

それに何より、ルイーゼは抱かれたかった。最初は色々あったが、今夜のジェラルドは優しい。今までで一番心が通じ合っている気がする。このまま彼の熱に包まれ、もっと心を近づけたいと望んでしまう。

ルイーゼがコクリと頷くと、ジェラルドはどこか喜びを湛えたように微笑んだ。大人になってから初めて見た彼のその表情は少年の頃の笑顔とよく似ていて、ルイーゼの胸を甘くときめかせた。

「おいで」

優しい声で言って、ジェラルドが両腕を伸ばす。誘われるようにルイーゼも腕を伸ばし彼に近づくと、大切そうに抱きしめられた。互いの素肌が触れ合う感覚は温かく、心が感激で痺れそうになる。

ジェラルドはルイーゼの体を導き、バスタブの縁に座っている自分の下肢を跨がらせた。彼の腿に体重が乗る姿勢になって重くはないかとルイーゼは心配したが、何も問題はないようだ。

腿を跨いだ姿勢では当然ジェラルドの雄芯が秘所にあたる。割れ目に陰茎の先を押しあてられた感触にルイーゼはなんともいえない疼きと羞恥を覚える。

「このまま、ゆっくり腰を下ろすんだ」

そう言ってジェラルドの手がルイーゼのお尻を促すように撫でた。ドキドキしながら言われた通りに腰を下ろしていくと、ぬめる感触と共に彼の先端が媚肉を割ってゆっくり進入してきた。

「う……」

入口に少し挿(はい)っただけで大きな違和感と圧迫感を覚える。恐怖を感じルイーゼが竦んでしまうと、ジェラルドがグッと背を抱き寄せ唇を重ねてきた。

「大丈夫だ、怖くない」

囁きながら、彼の舌が甘くルイーゼの舌をねぶる。それは夜だけの魔法のように心に響いて、恐怖心を和らげてくれた。

（あ……、あっ、大きい……。体の中が広げられてるみたい）

うぶな蜜口がいきり立った雄芯を呑み込んでいく。圧迫感はやがて痛みに変わりルイーゼが再び躊躇（ちゅうちょ）すると、背と腰をしっかり抱きしめたジェラルドが腰を突き上げてきた。

「――っ‼」

自分の中で何かが破れたような気がする。ズキズキとした疼痛に涙が浮かび歯を食いしばって耐えていると、ジェラルドがチュッと軽いキスをして頭を撫でてくれた。

「よく耐えたな。いい子だ」

これが破瓜（はか）なのかと納得すると共に、ルイーゼは感動で胸が震える。

初恋で最愛のジェラルドに純潔を捧げられた喜び。今この世で一番彼の近くにいるのは自分なのだという幸福が、あとからあとから胸に溢れてくる。

涙を零して微笑んだルイーゼを見て、ジェラルドは頬を染めると貪るようなキスをしてきた。背を硬く抱きしめながら、もう片方の手で何度もルイーゼの頭を撫でる。

（ああ、ジェリー）

ジェラルドの心はわからない。この結婚も初夜も彼にとってはただの義務でしかないのかもしれない。けれど今この瞬間だけは、彼も喜びを感じていると思った。

強く自分を求めてくれていることを感じて、ルイーゼはますますの嬉しさと共に恋の切なさも抱く。

(好き。好きよ、ジェリー)

ルイーゼも彼の背に腕を回し、夢中で口づけを交わし合った。こうしていると破瓜の痛みが和らいでいく気がする。

やがてジェラルドがゆっくりと腰を揺り動かしだした。傷口を擦られるような痛みに一瞬顔をしかめたルイーゼだったが、彼の手が胸の頂を捏ねると痛みは中和された。

愛液か出血かはわからないが、蜜道はぬめっていてつっかかりは感じられない。口づけをし胸を手で愛撫されているうちに、ルイーゼの膣内(ちつない)は疼きと悦楽を覚えるようになってきた。

「……っ、……っ」

ジェラルドの動きに合わせて呼吸が乱れる。痛みが霞(かす)めば霞むほど、彼の雄が自分の中にあるのだという実感が湧いて疼きが強くなった。彼の背を強く抱きしめると同時に、蜜口もギュッと締めつけてしまう。

「狭くて熱いんだな、あなたの中は。すまないが少し激しくさせてもらう」

その言葉を合図に、ジェラルドは抽挿を激しくした。肉壁を擦られる刺激はルイーゼに新たな快感を植えつける。

（あっ、あっ……！　何……？　さっきとは違う感じが、体の奥からせり上がってくるみたい……）

全身が燃えるように熱い。体中がどこも敏感になってしまったみたいで、尻肉を掴むジェラルドの手にも快感を覚えてしまった。

（ああ、ああっ、ジェリー！）

快感の海に溺れそうになり、ルイーゼは必死に彼にしがみつく。そのとき、耳もとで彼が確かに囁いた気がした。「ルー……」と。

え？　と耳を疑った次の瞬間、ジェラルドの腰が震え、膣内に熱い奔流を感じた。敏感になった蜜道に流し込まれた熱に、ルイーゼもゾクゾクと背を震わせる。

「……っ、はぁ……っ」

熱い吐息を漏らしたのはふたり同時だった。ジェラルドは体から力が抜けたようだったが、ルイーゼが落ちないように抱きしめた腕だけは緩めない。

やがて落ち着いてきたルイーゼは、さっきのことを思い出して戸惑った。

彼は先ほど確かに『ルー』と囁いた気がする。もしかして、ルシアがルイーゼである確証を得たのだろうか。

熱く求められている最中に『ルー』と呼んでもらえたことは嬉しいが、またもや正体がバレる危機に陥ってルイーゼは困惑した。しかし。

「……その、なんだ。もう遅い時間だ。早く体を綺麗にして床に就いたほうがいい」

(……あら?)

なんだか彼の態度がそっけない気がする。いや、素っ気ないというよりはどこか気まずそうだ。先ほどまで情熱的に求めてきた姿とあまりにも違う。

ルイーゼを膝から降ろすとジェラルドは手早く自分の体を拭いて、さっさとバスタブから出た。そして「夜着は新しいものを用意させた。ここに置いておく。体を冷やさないように」と言い残すと、ガウンだけ羽織って寝室へ戻っていってしまった。ドアを閉める前にチラリと振り向いた顔が困惑に染まって見えたのは、ルイーゼの気のせいだろうか。

(どうしちゃったのかしら、ジェリー。なんだか様子がおかしいわ)

怒ったり嫌ったりしている感じではなかったが、まるでルイーゼと同じ空間から逃げ出したいみたいだ。彼の態度の不可解さに、首を傾げる。

それからルイーゼは体を綺麗にすると、新しく用意されたネグリジェとガウンを着て寝室へ戻った。

ジェラルドはベッドで横になっていたのでもう寝たのかと思っていたが、隣に潜り込むと「……おやすみ」と小さく声をかけられた。

（おやすみなさい）

心で答えて、ルイーゼは目を閉じた。マゼラン帝国へ来て一番大変だった一日がようやく終わろうとしている。

（今夜は少しだけジェリーと心通わせられた気がする。……嬉しかったけれど、喜んでは駄目。だっていつかは偽物の妻の日は終わるのだから）

心身共に疲れた一日だったが、微かに隣のジェラルドと触れ合っている腕の温かさが今日の疲れをすべて溶かしてくれる気がする。

そのぬくもりに幸福と切なさを覚えながら、ルイーゼは静かに目を閉じた。

第三章　疑惑と葛藤

ジェラルドは頭を抱えていた。

結婚式翌日の執務室。彼は昨日の式に来た客からの贈り物の目録を確認する作業をしながら、数分おきに頭を抱え眉間にしわを刻んでいた。

「……いかがされたんですか、さっきから」

見かねたカスパルが声をかける。目録の確認など単純な作業なのにちっとも進んでいない。このあとは来訪している客たちとの昼食会が控えているのに、このままでは時間に遅れてしまう。

しかしジェラルドは「実は……」と口を開きかけると「いや、やっぱりなんでもない」と言って噤んだ。カスパルが呆れた表情をする。

「珍しく何かお悩みかと思えば、腹心の僕にさえ打ち明けられないことですか。それはそれは深刻なことで。殿下のお心が一秒でも早く晴れることを祈っております」

った。

慇懃無礼な台詞を残して、カスパルは決済の済んでいる書類だけ持って執務室を出ていった。

しかし友人のそんな皮肉な態度も、今のジェラルドにとってはどうでもいい。そもそもたとえカスパルといえど、こんなことを打ち明けられるはずもないのだ。

まさか――妻が〝あの〟ルーかもしれないだなんて。

「そんなはずはない。ルーがセロニオアの王女であるはずがない。……けど、しかし……」

ジェラルドは昨夜、月下で彼女の瞳を見たときからずっと悩み、迷い、困惑している。

それも当然だ。妻として自分のもとに嫁いできた異国の王女が、ずっとずっと会いたいと探し求めていた少女かもしれないのだから。


十年前。当時十一歳だったジェラルドは実にやんちゃな少年だった。

堅苦しいことが大嫌いで体を動かすことが大好きだった彼は、不運にもマゼラン帝国の第二皇子という堅苦しい立場に生まれ、日々宮廷作法や古めかしいしきたりにストレスを溜めていた。

そんな彼の最大のストレス発散が、夜にこっそり宮殿を抜け出して帝都の町へ繰り出すことだった。なんてことはない、身分を隠して町を探索し、人々と談笑を交わし、ときには道端の酔っぱらいと賭けをして遊ぶというたわいもないものだ。けれどその気取らなさが、ジェラルドには大変心地よかった。

宮殿を抜け出すときには必ずカスパルもついてきた。彼は乳兄弟の幼馴染であり、ジェラルドの側近でもある。このときの彼はただの宮廷官の息子で肩書もないが、ジェラルドは彼を本当の兄のように慕って自分の遊び相手や共に学問を学ぶ相手としてそばに置いていた。

カスパルもそんな立場を理解し、ジェラルドのお目付け役的な責任感を負っていた。ジェラルドが宮殿を抜け出すときも彼は止めたのだが、やがて止めたところで無駄だと気づき、せめて一緒についていっては危ないところに近寄らせないように努めているのである。

そんな小さな皇子と側近が身分を隠し「ジェリー」と「カスパー」になって夜の町に繰り出す日々を送っていたある日。彼らはひとりの少女に出会った。

屋敷の主たちに虐められ、冬空の下で川に浸かって捜し物をしていた哀れな少女。彼女は名をルイーゼといった。

彼女は下女だった。身寄りがなく、物心ついたときからあちこちの屋敷で働いていると。その話に違わず身なりは貧しく、手は子供とは思えぬほど水仕事で荒れていた。――しかし。

ジェラルドは少女に恋をした。ルイーゼは不思議な少女だった。稀有な美貌とどこか漂う気品。そして、世界にひとつだけの奇跡のような瞳。

ルイーゼは神様の宝物だとジェラルドは思った。そんな素晴らしい少女に恋をしない男がこの世のどこにいるだろう。

けれど奇跡の瞳より美貌より彼の心を深く摑んだのは、ルイーゼの純真な優しさだった。くしゃみをしたジェラルドを気遣って彼女がくれた飴の甘さを、ジェラルドは今でも覚えている。苦しい生活を送っていた彼女があのささやかな飴をどれほど大切にしていたのか、想像に難くない。それをためらいなく差し出してくれたとき、ジェラルドは痛いほど胸が締めつけられたのだ。

蜂蜜の飴は甘かった。泣きたくなるほど心に染みたあの甘さは、後にも先にも他にない。ジェラルドは生まれて初めて恋をし、誰かを守りたいという気持ちを抱いた。不遇な立場にあるルイーゼを、自分と一緒にいるときだけでも笑顔にしてやりたいと願った。

本当は彼女を意地悪な主人のいる屋敷から助け出して宮殿で匿いたいと何度も考えた。しかしそれが叶わないことも十一歳ならばわかっている。勝手に町へ出たうえ、よその屋敷の下女を欲しいなどと、皇子であっても非常識極まりないのだから。

ジェラルドはルイーゼを〝ルー〟と愛称で呼んだ。連れ帰ることは叶わなくとも彼女の特別でいたくて、想いを籠めて呼んだのだ。

そんなジェラルドのいじらしい恋は幸せな時間をもたらしたが、それもわずか数ヶ月のことだった。

春の花が綻び始めた頃に訪れたあの悲劇の悔しさを、ジェラルドは今まで一度たりとも忘れたことはない。

ルイーゼが逢引をしていると思い込んだ屋敷の主人が怒り狂い、ふたりを痛めつけ引き裂いたあの夜。ジェラルドは自分が非力であることを知った。

それまで少年だてらに剣の腕が立ち、宮殿でも軍人として将来有望だと褒めそやされてきた。しかし大人の本気の前では自分は非力な子供だったのだと思い知る。

権力も才能も人よりあるはずなのに、どうして自分は好きな少女ひとり守れないのか。

カスパルに無理やり引きずられて逃げながら、ジェラルドは悔しくて泣いた。

『ルー、ごめん……ごめん』

酷く叩かれた体より、心が痛くて涙が溢れた。

怪我をして帰ったジェラルドは宮殿を抜け出していたことがバレて父に咎めを受け、一ヶ月ほど自室から出ることを許されなかった。ルイーゼに会うどころか様子を窺いに行くこともできず、彼は眠れぬ夜を過ごした。

自分を逃がしてくれるために犠牲になったルイーゼが、今頃どんな折檻を受けているのかを想像するだけで胸が潰れそうになる。何度も彼女が無事であるように神に祈った。

そして謹慎が解けた一ヶ月後、宮殿を抜け出したジェラルドは一目散にあの河原に向かったが、ルイーゼが姿を現すことは二度となかった。

――ルイーゼはどこか遠い国の人買いに売られたらしい。

ようやくカスパルが入手してきたその情報を聞いてから、ジェラルドの人生は変わった。

もともと体を動かすことは好きだったが、その日からは酷使と言っていいほど体を鍛え抜いた。体力をつけ、筋肉をつけ、剣の稽古に銃の練習、それに大砲の扱いまであらゆる武力を鍛え上げた。

大嫌いだった宮廷作法も完璧に習得し公の場での振る舞いも正して、子供扱いされないようになった。

そして十六歳になると同時に軍務に就き次々と勝利と名声をあげることで、宮殿での権力を確かなものにしていったのだった。

ジェラルドは誓ったのだ。自分が無力でルイーゼを守れなかったあの日に。誰よりも強くなって、今度こそ大切なものを守り抜くと。

『俺はもう、二度と逃げたりしない』

ジェラルドの心の真ん中には今でも〝ルー〟が居る。彼女はジェラルドにとって色褪せない初恋であり、あのとき救えなかったことを贖わなくてはいけない存在でもある。ジェラルドはどうかもう一度だけでもルイーゼに会いたいと希っていた。あのとき救えなかったことを詫び、今の自分の持てる力で彼女を幸せにしたいと。

本当は想いを告げて結ばれたいが、下女である彼女と皇子である自分ではそれが無理だということはわかっている。ならばせめて、彼女にできる限りよい働き口を与え幸福に生きられる環境を整えてやりたかった。

できることならそれが叶うまでは結婚はしたくなかったが、そうもいかないのが皇子という立場だ。国政の駆け引きは、ジェラルドの初恋事情など汲んではくれない。

心にルイーゼがいる限り他のどの女性を愛することもできないことはわかっている。その申し訳なさからジェラルドは、結婚相手にどんな欠点があっても受け入れようと決意していた。

そうして彼のもとに嫁ぐことになったのは、艶聞に事欠かない王女ルシアだった。セロニオア王国側から『傷物』と耳打ちされた、まごうことなき悪妻である。

覚悟は決めていた。どうせ自分は彼女を愛することはできないし、彼女も自分を一途に慕うような良妻にはならないだろうと。それでも夫婦として敬意を払い、義務だけはこなせばいいとあきらめの境地でもあった。

ところが。いざ会ってみるとルシア王女は評判とは随分かけ離れた人物だった。

男になら誰にでも愛想を振り撒き品定めするという噂はなんだったのか、愛想を振り撒くどころか俯きっぱなしである。まるで誰にも顔を見せたくないかのように。

妙な違和感と、目も合わせようとしない彼女に多少の苛立ちを覚えたものの、ジェラルドは特に言及することはしなかった。どうせルシアに多くは求めない。義務さえ果たしてくれればいいのだから。

しかし、夫婦の初夜を迎えた昨晩。ジェラルドは世界がひっくり返ったかのような驚きに見舞われた。

ジェラルドの心の中で今も輝いてるルイーゼの象徴、〝星の瞳〟をルシアが持っていたのだ。

星の瞳が実に珍しいことはわかっている。しかも月下でだけ色が変わるという特徴の瞳を、ジェラルドはルイーゼ以外知らない。

まさかという思いがよぎった瞬間、目の前のルシアがルイーゼに見えた。

いつも厚化粧をし俯きがちな彼女の素顔を間近で見たのも初めてだった。化粧を施さなくても潤沢な睫毛に大きな目、果実のようなぽってりとした唇。エキゾチックさと愛らしさが入り混じったその顔が、幼い日のルイーゼと重なる。

(ルー？　ルーなのか⁉)

危うくジェラルドは叫びそうになったが、彼女が目を硬く瞑ったのを見て我に返った。ルイーゼのはずがない。ルシアは由緒正しいセロニオア王国の王女だ。いくら醜聞の多い王女とはいえ、下女であった過去があるはずがない。

ジェラルドの頭にそんな至極当然の否定が浮かぶ。

確率が天文学的に少ないとはいえ、ルシア王女もルイーゼと同じタイプの〝星の瞳〟を持っていたのだ。顔が似ていると感じたのは錯覚だ。

ジェラルドはそう自分に言い聞かせた。けれども星の瞳を見た瞬間の胸の高鳴りは、ずっと抱いてきた初恋の情熱を燃え上がらせてしまう。

わかっている、ルイーゼではないと。それなのに『もしかしたら』という気持ちが消えない。ルイーゼなのか、ルシアなのか、頭の中がまとまらないままにジェラルドは気がつくと彼女を求めていた。

彼女はルイーゼではないと囁く理性の声は、体が昂るほどに聞こえなくなっていった。

最後の最後に『ルー』と呼んで果てたとき、ジェラルドは確かな幸福を覚えていた。まるで本当にルイーゼと結ばれたような。

しかし熱が冷めた瞬間、彼は現実に引き戻される。

別人であるルシアを『ルー』と呼んでしまった罪悪感と自己嫌悪はすさまじく、思わず浴室から慌てて出ていってしまった。

彼はあれからずっと思い悩んでいる。

ひと晩経っていくらか冷静さは取り戻したが、やはりルシアがルイーゼという可能性が捨てきれない。そこに彼女がルイーゼであって欲しいという願望があることも否めないが、それでも星の瞳がただの偶然だとも思えないのだ。


「……調べるしかない」

執務机で頭を抱えていたジェラルドはそう呟くと、少し考えてからひとりの侍従を呼んだ。そして彼にルシア王女とセロニオア王国のことを徹底的に調べるよう命じた。最上級の秘匿調査として。

このことは絶対に他の者に知られてはいけない。万が一ルシアとルイーゼが同一人物であった場合、そこに複雑な事情が絡んでいることは間違いないだろう。それを公の場で暴いたとき、彼女がどのような立場に立たされるかわからない。

ことと次第によっては彼女の名誉を傷つけたり、この結婚自体がなかったことになる可能性だってある。それを避けるためにも疑惑は自分だけで追う必要があった。

（カスパーには言えないな……）

少し考えてカスパルに調査を頼む選択をしなかったのは、彼がジェラルドを知りすぎているからだ。

今でもルイーゼを想い続けているジェラルドが『ルシアがルイーゼかもしれないから調べたい』と言ったら、カスパルなら間違いなく『ルイーゼのことを考えすぎて気でも触れたのか？』と怪訝な視線を送ってくるだろう。協力的でないことは想像に易い。

そう考えると今はカスパルには黙っていた方が得策に思えた。

とにかく、ことがはっきりするまで誰にも邪魔されたくない。

期待か不安かわからないが、ジェラルドは未だかつてない緊張感と高揚感に背を震わせるのだった。


結婚式から一ヶ月が経った。

本物のルシア王女は相変わらず見つかっていない。

いつ正体がバレるかとルイーゼがヒヤヒヤしていることに変わりはないが、宮殿での暮らしには少し慣れてきたように思う。少なくとも食事などの日常生活でマナーの間違いを気にすることはなくなった。

けれども安穏としているわけにもいかない。結婚式が無事に済めば、今度は大公妃としての公務が待っているのだから。

王族女性の主な役割といえば社交界に参加し人脈を作ることと、孤児院や病院訪問などの慈善活動だ。国によっては夫が城を留守にしたとき公務の代理を担うこともあるが、マゼラン帝国にその習慣はないらしい。

ルイーゼは声が出ないことを理由に、貴族からのお茶会やサロンの誘いは断り続けていた。本当はあまり顔を広めたくないというのが本音だが、声が出ないことはいい言い訳になった。

その代わりルイーゼは慈善活動には積極的に参加した。孤児院や病院を視察し、患者や孤児らに微笑みかけることならばできる。庶民ならばまず本物のルシアの顔を知る者はいないし、のちに本物と入れ替わったとしても顔を見せた場所には行かないようルシアに伝えればいいだけだ。

他にも飢饉や貧困から陳情に来た民の領地を視察して、必要に応じて寄付をすることくらいはできた。本当はもっと根本的な解決に取り組みたいとも思っていたが、ルイーゼの知識ではそれが限界だ。

公務は自然と慈善活動に偏りがちになってしまったが、もともと悪評の高かったルシア王女にとってそれはよい作用をもたらした。『お洒落と恋のことで頭がいっぱいだと思っていたが、なかなかに国民思いではないか』と。

公務が順調になってきた頃、少し困った問題が起きた。それはマゼラン宮殿に来てからずっと先延ばしにしてきた侍女を任命しなくてはならないことだ。

輿入れ前から幾人か候補は出されていたが、最終的に侍女を誰にするかは当人が決めるしきたりになっている。

とはいってもルイーゼは貴族の家柄や序列、派閥や力関係などさっぱりわからない。ルシアに断りもなくそばに置く者を決めてしまうのもためらって、ルイーゼは侍女の選定を先延ばしにしてきたのだ。

しかし大公妃となって一ヶ月。さすがにそろそろ決めなければ公務に支障も出てくる。手紙でセロニオアの女官長とアラゴンに相談しながら、ルイーゼはとりあえず四人の侍女を決めた。ひとりは四十絡みの侯爵夫人で、あとの三人は二十代の伯爵夫人と子爵夫人だ。皆、本物のルシア王女と面識がないことはもちろん調査済みである。

いつもそばに本物の貴族女性がいることで粗を見抜かれないかと初めは緊張したが、彼女らは声の出ないルイーゼを気遣い優しく接してくれた。

特に最年長のフィスター夫人はとても頼りになった。公務の手続きに慣れないルイーゼのことを、国の違いから不慣れなのだと解釈して親切に教えてくれた。

社交界には出られないが、ルイーゼは時々侍女たちとお茶をした。彼女らがくつろいだ雰囲気の中でするお喋りは宮廷内や帝都、社交界の情報に富んでおり、耳を傾けているだけでとても勉強になるのだ。

（もしかして私って案外王族の素質があったりするんじゃないかしら）

ルイーゼがそんなおどけたことを考えてしまうほど宮殿での生活は順調だったが、大きな問題はまた別にあるのだった。

それは、夫ジェラルドのことである。

彼の態度がどうにもおかしい。初夜のときもそうだったが、優しくなったかと思えば突き放すように素っ気なくなったりと不安定なのだ。

特にベッドの中では彼は情熱的にルイーゼを求めてきた。寝室に入って顔を見つめるなり熱烈な口づけをしてきて、歯止めが利かないかのように夢中で抱くのである。

彼に抱かれることは嬉しい、それも貪るほど夢中で。けれど日中、宮殿内などで顔を合わせると彼は複雑そうな表情を浮かべそっけなくなってしまう。

何か粗相をしたのだろうかと自分の行動を顧みてみても、原因がわからない。一度紙に書いて『私に対して怒っていますか？』と聞いてみたことがあったが、彼は「とんでもない。そんなことはない」と首を横に振ったので、ルイーゼはますますわからなくなってしまったのだった。

そんなある日、ルイーゼはいつものように教会にする寄付の承認をジェラルドにもらおうとしたところ、フィスター夫人に助言された。

「寄付は財務官を通せばルシア様のご権限だけでなさることができますよ」

どういうことだろうとキョトンとしたルイーゼに、フィスター夫人は丁寧に説明を付け加えてくれた。

「ジェラルド大公ご夫妻が慈善活動費として使える予算は年初めの決算ですでに決まっております。財務官と相談して問題のない金額であれば、ジェラルド様の承認がなくともお使いになることができるのですよ」

そうだったのかと、ルイーゼは目から鱗が落ちる思いだった。つまり今までは寄付の金額に問題がないかどうかの確認を、ジェラルドが代わりにやってくれていたというわけだ。

彼が自分と違って公務で忙しいのは知っている。皇子として政務や宮廷に関わることはもちろん、マゼラン帝国陸軍総司令官でもある彼は多忙な軍務にも毎日追われているのだ。

そんなジェラルドに今まで余計な手間をかけさせてしまったことを心苦しく思う。

けれどルイーゼはどうやって寄付金の相談を財務官とすればいいかもわからないし、予算関係の書類の見方もわからない。やはりジェラルドに確認してもらうほうが適切だ。

戸惑った表情を見せたルイーゼにフィスター夫人は「もちろん今まで通りジェラルド様にご確認いただいてもよろしいとは思いますが」と気遣ってくれた。

ルイーゼは頷きそうになったけれど、思い直して首を横に振る。

（自分でやってみよう。偽物でも、今の私は大公妃だもの。ジェリーの妻としてしっかりしなくちゃ）

ジェラルドが時々そっけなくなるのは、もしかしたら自分が大公妃として至らないのが理由ではないかとルイーゼは考えた。優しい彼のことだ、もっとしっかりしろと叱責したいけれどできずにあのような態度になってしまっているのかもしれない。

それにもっと王族らしく振る舞えるようになれば、結果として正体がバレにくくなる。それはジェラルドと少しでも長く一緒にいられるということだ。一日でも早く身代わり生活から解放されたい気持ちとは裏腹に、彼の妻でいる時間をわずかでも長引かせたい気持ちは日に日に強くなる。

果たしてなんの知識もない自分に予算のことなどわかるのか不安はあるが、協力してくれる人らの力を借りて勉強していこうと思った。

決意を籠めた眼差しをしたルイーゼに、フィスター夫人は温かな笑みを浮かべると「よろしければ私も同席いたします。何かご不明な点があればお聞きください」と言ってくれた。やはり彼女は頼りになる。

こうしてこの日からルイーゼは自分の権限で動かせる予算のことを勉強するようになり、さらにその寄付が適切かどうかの知識を得るため地域の情勢やここ数年の作物の収穫状態、税率やその地を管理している領主の情報なども学ぶようになった。

最初は自分にこんな大それたことが務まるのか不安だったが、学んでみると意外と面白いものだった。宮廷の予算がどのように決められているのか、税率と収穫量の関係、各地域の農産物の種類と特徴、調べれば調べるほどに世界が広がっていく。

まともに勉強などしたことのなかったルイーゼは、学問の面白さを知った。新鮮な知的好奇心は真新しいスポンジのように知識を吸収し、ルイーゼは寄付に関する情報の他にも様々なことを自ら学ぶようになった。

公務の合間に宮殿敷地内にある帝立図書館で本をどっさり借りてきては夢中で読んだ。大陸の歴史と地理、宗教学、国際法、刑法、哲学。下女だったときには自分がどの国のどの地域で働いていたのかぼんやりとしかわかっていなかったことが、どんどんクリアになっていくみたいだ。昔いたあの国が寒かったのは冷たい空気が流れ込む地形だったからで、その次にいた国で人々が勤勉だったのは文化が栄え学問が流行していたからだ。

（面白い……！　知れば知るほど、目に見える世界が生まれ変わっていくみたい）

特にルイーゼは地図を眺め、見知らぬ国の文化を調べるのが好きだった。

雪と氷だらけのノース大陸や、独自の文化を持つ島国ベルゼン、それに砂漠と黄金の国イスミュール。書物を読んではいったいどんな国なのか、うっとりと想像をめぐらせた。

文化の探究は歴史を紐解くことでもある。国の成り立ちと戦争、秩序と安寧。どの国も波瀾万丈（はらんばんじょう）な歴史を築いて今に至っていることを知ると、自然と尊敬の念が湧いた。戦争だけではない。弟に殺された兄王、腹心の臣下に暗殺された皇子、誘拐され行方不明のままの皇女など、王族ならではの過酷な事件にも触れルイーゼは思わず涙ぐんだ。

自分は孤児ゆえに不幸だったと思い込んでいたが、どんな境遇であっても絶対的な幸せなどないのかもしれない。きっと大切なのはどう生きるかだ。そう考えるとますます今の立場でできることを努力しようという気持ちが湧いてきた。ジェラルドのために、自分のために、いつかこの日々を後悔しないように。

ルイーゼのあまりの知的好奇心ぶりに、侍女たちは驚いた。事前の評判とは印象が違うと感じていたが、最近はそれが加速している。いったい彼女のどこが『頭の中はロマンス一色』の王女なのだろうかと首を捻らずにはいられない。

「もしかしてルシア様は勉学がお好きなのに、祖国で誰かに嫌がらせで取り上げられていたのじゃないかしら」

「きっとそうだわ。醜聞もそうよ、根も葉もない噂を流されて名誉を傷つけられたのだわ」

ついに侍女たちの間ではそんな見解になるほどだった。

ルイーゼの成長はまだまだ止まらない。

もともと勉強のきっかけは、ジェラルドの妻として彼に負担をかけないようしっかりしようという思いだった。ならばやはり、宮廷式のマナーや宮廷のしきたりなども大切だ。

今まで見様見真似だったマナーを改めて勉強し直すことにした。フィスター夫人や侍女らに質問しても、もう怪訝な目では見られない。『ルシア様は誰かの陰謀で祖国ではまともに学ばせてもらえなかった』と思い込んでいる彼女らは、侍女として主の役に立とうとルイーゼに親身になって協力した。

そうして日々所作も洗練され、知識も蓄え公務も幅広くこなせるようになってきたルイーゼの評判は、またたく間に宮廷中に広がっていった。

結婚式から三ヶ月、季節はすっかり夏へと変わっていた。

「異国の噂というのは、まったくあてにならないものですね」

カスパルが呟くようにそう言ったのは、舞踏会場でのことだった。

今夜は、前回の戦争でマゼラン帝国が領有権を得た小国にジェラルドが正式に君主として就任した祝いの宴が開かれている。これでジェラルドは君主として大公国をみっつと総督として市をひとつ治めていることになる。

夏季休暇が目の前の時期だが、祝宴は華々しく開かれた。舞踏会場には高位軍人が多いものの、上位貴族や高位宮廷官らも参加して賑わっている。

そんな会場で今日一番注目を集めているのはルシア大公妃だ。今夜は淡い紫色の絹サテンに金糸刺繍の入ったドレスを着ている。

三ヶ月前の結婚式と違い、今日の彼女は晴れやかに見えた。大きな羽飾りとレースのヘッドドレスで少し顔は見えにくいが、活き活きとした雰囲気が窺える。

ワルツも前回よりずっと達者に踊っていたし、カドリールにも参加していた。

ただでさえ美しい彼女が三ヶ月前に比べ溌剌としていたことにも招待客たちは驚いたが、それ以前に彼女はもっぱら最近の話題の中心だ。

ルシア王女が輿入れ前の噂と違い公務に積極的で、しかも大変に勤勉で賢いという噂は今や宮廷中に広まっている。誰もが興味津々な目で彼女を見ては、前よりも洗練された姿に釘づけになっていた。

ジェラルドはここ一ヶ月ほど、新大公国就任の儀式や手続きなどでマゼラン帝国を離れていた。出発する前からルシアが様々な分野の勉強を始めたことは知っていたが、帰国して再会した彼女は目を瞠るほど成長していた。

慈善活動はもちろん、様々な地域からの請願書を受け付け大公妃としての権限を活かし対応している。その手腕は鮮やかで、まるで眠っていた政治的センスが花開いたようだった。

宮廷内で彼女の評判がすこぶる上がっていることは外遊中も小耳に挟んでいたが、まさかここまでとは予想以上だった。二日前に帰国したばかりのジェラルドは、雰囲気さえ華々しさを増したルシアに驚くばかりだ。

「セロニオアのルシア王女といえば恋とお洒落以外に興味がないなんて流言飛語もいいとこですね。まあ最初はあまりのお体の弱さにどうなることかとは思いましたが。聡明で国民思いで勤勉で……そしてお美しい。殿下は素晴らしい女性を娶られた。幸運なことですね」

しみじみと話すカスパルも、さっきから視線がずっとルシアを追っている。彼がこんなに手放しで女性を褒めるのは初めてのことだ。

そんなカスパルを隣で見ながら、ジェラルドは内心とても苛々していた。

（どいつもこいつも、今さら彼女の魅力に気づいて穴が開くほど見つめやがって。俺の方がここにいる誰よりも早く彼女の素晴らしさに気づいたというのに。勝手にうっとりと見つめるな。あれは俺のルーだ）

心の中で呟いた不満に、ジェラルドはハッとして頭を振った。

（違う、ルーじゃない。……まだルーかどうかはわからない。まったくの別人である可能性だってあるんだ）

まだ調査の報告は上がってきていない。依然としてルシアがルイーゼなのかどうかは謎のままだ。

しかしジェラルドはやはり彼女がルイーゼのような気がしてたまらないのだ。それは彼女を抱けば抱くほどに。

初夜のときもそうだったが、化粧を落とし切なげな表情を素直に浮かべる彼女を見るたびにジェラルドは劣情と恋心が抑えきれなくなる。

寝室のランプの明かりを映し込む琥珀色の瞳。そこに青いきらめきが浮かぶことを自分だけが知っていると思うと、たまらない独占欲と愛おしさが湧き上がってくるのだ。

けれどまだ彼女がルイーゼだと決まったわけではない。その現実に引き戻されるのはいつも昼間だ。

以前に比べ俯くことは少なくなったが、相変わらず白粉をしっかり塗って前髪を下ろした姿を見ると密かに落胆する。彼女はやはりルシアでルイーゼではないのだと突きつけられているようで。

夜と昼、彼女のふたつの姿に翻弄されるうちにジェラルドは罪悪感を抱くようになってきた。もし……もしも彼女がルイーゼとは関係のない赤の他人だったら。自分はルイーゼを裏切ったことになるのではないかと。

ジェラルドは十年前からずっとルイーゼへの恋心と贖罪(しょくざい)を胸に生きている。しかし今の自分は愚かにも毎晩妻の柔肌に幸せを感じ、胸をときめかせているのだ。

もし彼女がルイーゼではなかったら、自分は贖罪も叶わないうちから他の女に恋をし甘い幸福を享受していることになる。それは頑固なジェラルドにとって耐えられないことだった。

そんな自己嫌悪と罪悪感から、ジェラルドは彼女に対して不審な態度を取ってしまうようになった。魅力に抗えない夜には激しく求め、現実に引き戻される昼間にはつい慇懃に接してしまう。

ジェラルドは自分が情けなくて仕方ない。頑固で一度心に決めたことは揺らがない自信があったのに、今は自分の心がコントロールできない。

それは今日この瞬間も同じで、ジェラルドは舞踏会場で美しく舞う妻を見つめながらも（ルーじゃない。まだわからない）と心で唱えつつ胸をときめかせていた。

会場に流れていたメヌエットの演奏が終わると、拍手に包まれながら踊っていた者たちが散らばっていく。踊り終えたルシアも長椅子に座っているジェラルドのもとへとやってきた。

相変わらず声の出せない彼女はジェラルドの前で微笑んで一礼する。疲れただろうと思い彼女を座らせようとジェラルドが立ち上がったとき、会場にワルツの伴奏が流れだした。

それを聞いてルシアが小首を傾げる。「踊りますか？」という意味だろう。

ジェラルドは時計を見ると微笑んで彼女の手を取った。祝宴もそろそろお開きの時間だ。これを最後の一曲にしようと考える。

ジェラルド大公夫妻が会場の中央にやってくると、周りから拍手が起きた。今夜のフィナーレのようなものだ。

ふたりは曲に合わせて優雅に踊り始めた。ルシアのワルツは以前より格段にうまくなっている。ジェラルドも楽しくなってきて伸び伸びと踊ることができた。ところが。

「ん……っ」

ルシアが小さく呻いて顔をしかめた。それは一瞬のことだったが、ジェラルドは彼女が視線を足もとに走らせたのを見逃さなかった。

「足を痛めたのか。無理をするな」

すぐにステップを止めようとしたが、ルシアは笑みを浮かべて踊り続けようとする。注目されているのに途中でやめるのは恥ずかしいとでも思っているのだろうか。

「気負うんじゃない。あなたの足の方が大事だろうが」

そう言うとジェラルドはルシアの腰に回した腕に力を籠めて、彼女の体を横抱きに抱えてしまった。会場からは驚きでざわつきが起きる。

顔を真っ赤にしオロオロとするルシアに構わず、ジェラルドは会場を出ると空いている次の間へと入った。

彼女を長椅子に座らせ、すぐに靴と靴下を脱がせる。すると靴下の下から現れたのは、血の滲んだ足の裏と包帯を巻いた爪先だった。

「——っ」

驚きでジェラルドは息を呑むと、近くにいた侍従を捕まえて薬箱を持ってこさせる。

「どうしたんだ、この足は。こんなにボロボロでずっと踊っていたというのか?」

てっきり先ほどのワルツで足首でも痛めたのかと思ったが、そうではなかった。擦り切れた足の皮、割れた爪、腫れた指先、これはどう見ても昨日今日でできた怪我ではない。

ルシアは眉尻を下げて困った顔をしている。何か言いたそうだが、パクパクと動かす口から伝わるのは「ごめんなさい」という謝罪だけだ。心配をかけたことを申し訳なく思っているらしかった。

足に丁寧に薬を塗りながらジェラルドはだんだんとわかってきた。彼女がとても勤勉な性格であること、そして急激に上がったダンスの腕前……。

「……こんなに足がボロボロになるまで、いったいどれだけ練習をしたんだ」

今夜の華やかな姿は文字通り彼女の血の滲むような努力の賜物だと気づいて、ジェラルドは胸が苦しくなる。

たったひとりで頑張っていたのだろうか。舞踏会が開催されると決まってから今日まで、公務や勉強の合間を縫って一生懸命に。

せめて自分を頼ってくれたならと思う。そうすれば練習だってもっとスムーズにできたはずだし、何よりこんな怪我をするまで無理をさせなかった。

彼女の健気さが痛々しくて、けれども愛おしい。

どんな言葉をかけていいのか戸惑い、ジェラルドが眉間にしわを寄せたまま口を噤んでいると、ルシアがちょんちょんと肩をつついてきた。何かと思って顔を上げると、彼女はサイドテーブルにあった紙に文字を書いてそれを見せてきた。

「心配かけてごめんなさい。どうしてもジェラルド様と上手に踊りたかったから頑張りすぎてしまいました」

困ったように恥ずかしそうに微笑みながら伝えてきたルシアを見て、ジェラルドの中の愛おしさが戸惑いを吹き飛ばす。

「……馬鹿だな」

気がつくとジェラルドはルシアを硬く抱きしめていた。誰かのために自分を犠牲にして温かく微笑む姿が、大切な飴をくれた幼い少女の姿と重なる。

「馬鹿だな、あなたは」

力を籠めたら壊れそうな華奢な体を抱きしめながら、ジェラルドは思う。もう彼女を突き放すことなどできない。いつか真実が明らかになる日がきても、自分はこの想いを抱いたことを後悔はしないだろう。

強く抱きしめていた腕の力を抜くと、ジェラルドは目をまん丸くしているルシアに向かって柔らかに微笑んだ。

「これからはひとりで頑張らないでくれ。俺が力になる。俺はあなたの唯一無二の伴侶だ」

舞踏会が終わってからひと月後の夜。

ルイーゼは書斎で机に向かっていた。読んでいるのはアラゴンからの手紙だ。

ルシアの捜索は相変わらず難航を極めている。どうやら裏社会の者と繋がっているようで、容易に足取りが摑めなくなっているというのだ。

ルシアが祖国セロニオアを発って五ヶ月。彼女の両親である王と王妃への便りは、アラゴンがルシアの字を真似て代筆しているらしい。五十も過ぎた宰相が、十八歳の王女のふりをして手紙を書くのもなかなかつらいものがあるだろう。けれど彼の哀れな努力のおかげで、なんとか未だに王と王妃には怪しまれていないという。

『最近のお前の悪くない評判は儂の耳にも届いている。もういっそこのままお前がルシア様として生きていってくれた方が皆幸せなのではないかと思い始めてきた。ああ神よ、ルイーゼの顔をルシア様と瓜ふたつにしてくだされ』

相変わらず好き勝手なことばかり綴ってくるアラゴンの手紙を、ルイーゼはため息をつきながら燭台の火で燃やした。

努力が実を結びアラゴンにここまで評価されたことは少し誇らしい。けれどどんなに王族としての才能があろうと努力をしようと偽物の危機から逃れられないのは、彼の言う通り顔のせいだ。

厚化粧をして誤魔化したところで、ルシアをよく知るセロニオア王国の者はさすがに騙(だま)せない。ましてや両親である国王と王妃と対面したら、そのときは一巻の終わりだ。

その危機がある限り、永遠にルシアが戻ってこなかろうとルイーゼはルシアにはなれない。

いっそアラゴンの言う通り顔が変わってしまえばいいなどと愚かなことを考えてしまい、ルイーゼは頭を横に振った。

（私ってばなんてことを。欲張りは地獄へ落ちるのよ。いくらジェリーのそばにいたいからって、身の程知らずな望みを抱いてはいけないわ）

四ヶ月前までは彼に抱かれるだけで十分だと思ったのに、いつの間にかもっとずっとそばにいたいと願うようになってしまった。知らず知らずに欲深くなっていた自分を、ルイーゼは慌てて戒める。

（私は身代わり。どんなに上手に欺き偽ろうと、下女は王族にはなれないわ）

もし本物のルシアが戻ってきたときにどんな騒動が起きるかはわからない。ただひとつだけわかっているのは、本物が現れたならば偽物は黙って身を引くのみだ。

そのときのことを思ってルイーゼがため息をつきかけたとき、部屋の扉がノックされた。

「ルシア様。ジェラルド様がご寝所でお待ちです」

ルイーゼは瞬きを一度すると、振り返って柱時計を見上げた。いつもの共寝の時間より三十分ほど早い。すでに就寝の支度は済んでいるので構わないが、珍しいなと思う。

慌てて机の引き出しの奥に隠してある小瓶を取り出すと、そこから錠剤をふたつ取り出してグラスの水で流し込んだ。

寝室に向かう前に必ず飲むこの瓶の中身は、避妊薬だ。ジェラルドと初夜を迎えたことを報告したのち、アラゴンから送られてきたものである。

もしルイーゼが妊娠してしまってはルシアと入れ替わるときに問題が起きてしまうから性交の前には必ず飲むようにと、命令されていた。

もちろんルイーゼもそれに従っている。自分は本物のルシアではない。ジェラルドの子を宿す資格などないのだからと思って。けれどこの薬を飲むたびに、懐妊を期待しているマゼラン帝国の人々を裏切っているようで胸が痛んだ。

そうして執務机の蠟燭(ろうそく)を消し椅子から立ち上がると、ルイーゼは寝間着の上に薄手のショールを羽織ってから執務室を出た。

いつもより三十分早く寝室を訪れたルイーゼは、部屋に入るなりジェラルドが目を輝かせ大股で歩み寄ってきたことに内心驚いた。

「ルシア。朗報だ。あなたのために手配していた薬がやっと届いた」

（え？）

なんのことかと思っていると、ジェラルドは懐から緑色の液体が入った小瓶を取り出して差し出してきた。

「飲むといい、喉の薬だ。これであなたの声は治る」

ルイーゼはドキリとした。まさか、彼が喉を治そうとしてくれていたなんて。

彼の優しさに感激する反面、どうしようと戸惑いも湧く。

今までなんとか怪しまれずにやってこれたのは、声が出せなかったことも大きい。喋れなければうっかり無知を晒すこともないし、周囲からあれこれ質問されることもなかったのだから。

薬瓶を受け取ったものの、ルイーゼは飲むべきかためらう。すると、ルイーゼの髪を労わるように撫でながらジェラルドが言った。

「今までつらかったな、可哀想に。遠い異国へ嫁いできて、自分の思いを伝えられなかったのはさぞかし苦しかっただろう。これからは存分に気持ちを口にしてくれ。我儘もたっぷり言っていいぞ。俺が全部聞いてやろう」

ルイーゼの喉が治ることを心から喜んでいるジェラルドの顔を見ると、ためらいは消えていった。彼と言葉を交わし思いを伝えられるようになるのだ、何を迷う必要があるだろう。

心を決めてルイーゼは薬瓶を唇にあてると中身を喉に流し込んだ。液体は蜜を煮詰めたように甘くて苦くて、喉にへばりつくような粘度があった。飲み込みづらいそれをなんとか飲み下し、息を吐く。ジェラルドが真剣な様相でジッとこちらを見ていた。

「……ジェ、……ジェラルド、様……」

四ヶ月ぶりに出した声はまだ掠(かす)れていてかぼそかったが、久々に自分の声が聞けたことにルイーゼは感動する。

「おお……！　それがあなたの声か！」

ジェラルドも随分と感激している様子だった。ルイーゼも嬉しくなって思わず破顔する。

「あり、がとう……ジェラルド様」

つられたように彼も微笑むと「礼はいい。夫として当たり前のことをしたまでだ」と頬を赤く染めた。しかし。

「夫婦なのにようやく言葉が交わせるというのも不思議な気分だな。まるで『ソロモンとアレクシア』だ」

「え？」

突如知らない名前が出てきて、ルイーゼは目をぱちぱちとしばたたかせた。それを見てジェラルドも一瞬不思議そうな顔をする。

「すまない。マクニールの歌劇は嫌いだったか」

よくわからないが、どうやら歌劇の話題だったようだ。

オペラなど観たこともないルイーゼはどう答えていいかわからず曖昧に微笑む。刹那、微妙な雰囲気になりかけたが、ジェラルドが何かに気づいたようにハッと表情を変えた。

「……そうか。マクニールを観たことがないのか」

そう呟いた彼の瞳が、何故か輝いていく。

「ルシア、『ソロモンとアクレシア』を観たことは？」

「え……、いえ、ありません……」

少し迷ったが、正直に答えた。ここで嘘をついてオペラのことを尋ねられても、どうせボロが出る。今までと違って会話ができるのだ、返答は慎重にしなくてはならない。

ジェラルドは少し考え込む様子を見せると、今度はまったく違うことを尋ねてきた。

「サバランは好きか？　ババ・オ・ラムは？」

「あの、ええ……と」

ルイーゼにはその名が何を指すのかわからない。流行りの哲学者だろうか、それとも異国の音楽家だろうか。読んだ書物では見なかった名だ。

どういう意図の質問なのだろうと思いながら「よくわからなくて……」と正直に答えると、ジェラルドはどこか喜びをこらえているような顔をして「そうか。異国の菓子の名だ、今度外遊に行ったとき土産に買ってきてやろう」と言った。

立て続けの彼の質問に違和感を覚えたルイーゼは密かにドキリとする。

(もしかして私、何か失言したかしら。素性を疑われている……?)

緊張で強張った表情を浮かべたルイーゼにジェラルドはハッとすると、「ああ、色々と聞いてすまない。あなたの声が出るのが嬉しくて、今度どこへ一緒に行こうか何をプレゼントしようか先走って考えてしまったんだ」と説明してくれた。

それを聞いてルイーゼは(なんだ、そうだったね)と安心する。

「嬉しい、です。私も……ジェラルド様と、たくさんの喜びを……共にしたい、です」

ルイーゼは微笑んで気持ちを告げた。声はまだ出にくいが、こうして彼に直接思ったことを伝えられるのは幸せだ。

ジェラルドはとろけそうなほど甘い笑みを浮かべると、ルイーゼを抱きしめて顔中にキスの雨を降らせた。房事のとき彼はいつも情熱的に求めてくるが、こんなふうに愛おしさが溢れ出ている姿は初めて見る。

（私の声が出ることをそんなに喜んでくれるのね）

嬉しくなってルイーゼもギュッと彼の背中を抱きしめ返す。するとジェラルドは唇を深く重ねじっくりと口腔をねぶってから、「ベッドへ行こう。俺の可愛い妻」とルイーゼの体を横抱きにしてベッドまで運んだ。

「俺だけの可愛い宝物。今夜はたっぷりあなたの啼き声を聞かせてくれ」

あまりに甘い睦言に、ルイーゼはすっかり照れてしまう。ベッドの中では優しい彼だが、こんな糖蜜のような言葉をくれたのは初めてだ。

「ジェラ、ルド様……」

ベッドに横たわらせられながら顔を赤くすると、ジェラルドが唇に人差し指を押しあてながら言った。

「『ジェリー』」

「……え？」

「ふたりきりのときは『ジェリー』と呼んでくれ。あなたには愛称で呼ばれたい」

家族や特別に親しい間柄ならば愛称で呼ぶことは何もおかしくない。けれどルイーゼの胸にはなんともいえない歓喜が湧く。

（呼んでいいの……？　あなたのことをまた『ジェリー』と）

幼い頃の思い出が甦って涙が出そうになる。泣くのをこらえて「ジェリー」と呼びかけると、ジェラルドは嬉しそうに目を細め再びキスの雨を降らせた。

「俺もあなたを愛称で呼びたい。いいか？」

キスの合間にジェラルドが囁く。小さく頷くと、耳もとで「ルー」と囁かれた。

一瞬驚いたが、「ルシアだから『ルー』で合っているよな。それとも他に愛称が？」と聞かれ首を横に振った。

ルシアとルイーゼ。愛称が同じなのは偶然だが、やはり彼に「ルー」と呼ばれると懐かしさと泣きたくなるような幸福が込み上げてくる。

「ジェリー」

呼びかけて、ルイーゼは自分から唇を重ねた。

彼が今愛しさを籠めた瞳で見つめているのはルイーゼではなくルシアだ。そうわかっていても、ルイーゼとして愛されることを許されているような気持ちになる。

どちらともなく何度も唇を重ね合ったあと、ジェラルドはルイーゼの頬を包むように撫でながら言った。

「ルー。俺の大事なルー。好きだ、愛している」

「……っ！」

初めて彼の口から愛の言葉を聞いた。結婚してから四ヶ月。最初は不機嫌そうな態度を取られることもあったし、閨で情熱的に求めてきても愛を囁かれることはなかった。

そんな彼が初めて『愛している』と言ったことに、ルイーゼは感動せずにはいられない。

「私も……、私も愛しているわ、ジェリー。あなたが大切。世界で一番……あなたが大切で、大好き」

ずっと告げたかった想いを伝えられて、ルイーゼはこの上なく満たされた気持ちになった。もし明日正体がバレて処刑されたとしても未練はない。幸せな人生だったと胸を張って言える。

まるでルイーゼのそんな思いを汲んでくれるかのように、ジェラルドは瞼に優しいキスをくれると「あなたは俺が守る。俺が幸せにする」と囁いて、そのまま耳に唇を這わせた。

「ん……あっ」

唇から漏れるのは吐息だけではない、掠れながらも甘い声が混じる。

するとジェラルドは「ルーの啼き声はこんなに愛らしかったんだな」と、ルイーゼの感じやすい耳孔の近くをねっとりとねぶった。

「は、ぁっ、あん」

はしたない声をあげるのは恥ずかしいのに、感じやすいところばかり愛撫されて声が抑きた。

　体を小さく震わせ刺激に耐えていると、ジェラルドの手がそっとネグリジェを脱がせてきた。

　一度は見られてしまったとはいえ、ルイーゼはなるべく背中の傷痕を見せたくない。彼に違和感を持たれることも危惧しているが単純に醜いような気がして、今までもずっと房事のときは背を見せないよう気をつけていた。ジェラルドも初夜でルイーゼを泣かせてしまったことを気にしてか、背中は見ないよう気遣ってくれていた。

　いつものようにルイーゼが背をぴたりとシーツにつけたままネグリジェを脱ごうとしていると、ジェラルドに上半身を抱き起されてしまった。

「あっ」と慌てて体を戻そうとするルイーゼを胸に抱いて、ジェラルドはネグリジェをゆっくり剝いでいく。

「全部見せて欲しい。あなたが傷のことをよく思っていないのは知っているが、それでも俺はあなたのすべてが愛しい。この傷さえも愛しくて、口づけしたくてたまらない」

　そんなことを言われるとは思っていなかったルイーゼは一瞬戸惑ったが、剝き出しになった背中を優しく撫でる手の温かさに心がほぐれていった。

「ジェリー……」

この傷はいわば十年前に大切な人を守った証だ。女の体に傷痕があることを今までは恥じてきたが、ジェラルドの手のひらが触れるたびに誇らしく思えてくる。

ジェラルドはルイーゼの体をうつ伏せに寝かせながら肩にキスをし、少しずつ唇を下へ辿らせていく。そして滑らかな肌に残る痛々しい痕に丁寧に口づけた。まるで敬意や感謝を表すキスのように。

「愛してる、ルー」

彼に傷痕ごと受け入れてもらえた喜びと甘やかな刺激がルイーゼを襲う。心と体がジンと痺れた気がした。

「は、ぁっ」

背を撫でていたジェラルドの手は腰へと、さらに臀部（でんぶ）へと伸びていく。ふくよかな丸みにそって手を這わされて、ルイーゼは顔を赤くした。今まで背を見せない体勢ばかりだったから、お尻をじっくり触れられたことがない。なんだか恥ずかしい気がする。

ジェラルドの手はルイーゼのそんな羞恥ごと楽しむように丸みを堪能した。優しく撫で、捏ねるように両手で揉み、そして割れ目に舌を差し込む。執拗な愛撫にルイーゼの体はすっかり火照り、背に汗が滲んできた。

「ルーは後ろ姿も綺麗だ」

チュッとお尻の柔肉に吸いついてから、ジェラルドはルイーゼの下腹部に手を差し込んで軽く持ち上げた。

「腰を上げて、脚を開くんだ。できるか？」

「えっ、あ……でも」

うつ伏せの状態から腰を持ち上げられて、ルイーゼは自然と四つん這いの姿勢になってしまった。しかもお尻を突き出す形だ。さすがにこれは恥ずかしくてルイーゼは戸惑う。

そのうえジェラルドはお尻を両手で掴むと柔肉を左右に広げた。彼の目にはルイーゼのはしたない場所がすべて見えているだろう。

「や……っ、は、恥ずかしい、見ないで……」

懇願するがジェラルドは聞き入れなかった。それどころかさっきより顔を近づけられて、ルイーゼは羞恥のあまり顔を枕に突っ伏した。

「恥ずかしがらなくていい。ルーはすべてが綺麗だ。ここだってこんなに露を溢れさせているのに、初々しく震えている。それとももっと触れて欲しくてひくついているのか？」

「いやぁ……言わないで……」

秘所が濡れていることまで教えられ逃げ出したいほど恥ずかしいのに、体は熱く下腹部が疼いていく。ジェラルドの熱い視線が自分の秘められた場所を隅々まで暴いていると思うと、まだ触れられてもいないのに蜜口が潤ってしまうのを感じた。

「あっ！」

ふいに秘所にぬるりとした感触を覚えて、ルイーゼは嬌声（きょうせい）をあげた。

ジェラルドの舌が秘裂に差し込まれ、粘着質な音を立てながら上下に動く。媚肉を熱い舌でねぶられルイーゼが肌を震わせていると、舌先が敏感な芽に触れた。思わず腰がビクンと跳ねる。

反射的に逃げ出そうとするルイーゼの腰をしっかりと捕まえて、ジェラルドは陰芽を嬲った。舌先を尖（とが）らせコロコロと転がしたかと思うと、舌全体で包み込んでくる。

「ふ、ぁ、あ……っ、んん」

ジェラルドは器用に顔を傾け陰芽への愛撫を続けながら、すっかり潤っている蜜口へ指を差し入れた。満たされるのを待って疼いていた口は、彼の長くゴツゴツした指も抗うことなく呑み込む。

「ひゃ、んっ」

「入口も中もとろけているな。ルーは恥ずかしがり屋なのに体はこんなに感じやすく淫らだ。俺はあなたのそういうところも愛おしい」

そう言ってジェラルドは二本目の指も差し込む。男の指を二本咥えてもルイーゼの蜜孔は抗わない。それどころか異物の侵入を喜ぶように肉壁をうねらせた。

熱く熟れた蜜道を二本の指で搔き乱しながら、ジェラルドはすっかり膨らんだ陰芽に吸いついた。敏感な場所を同時に攻められ、ルイーゼの快感が蜜と喘ぎ声になって溢れる。

「あっ、あっ……だめ、もう……っ」

せり上がってくる快感に耐えようとルイーゼの手がシーツを握りしめる。はしたなく淫らな露が溢れ、腰が勝手に揺れてしまうのを恥ずかしいと思うのに、もう羞恥などかなぐり捨ててもっと乱して欲しい気持ちにもなる。

そしてジェラルドの指がくの字に曲がり膀胱(ぼうこう)の裏を擦ったとき、ルイーゼは絶頂に上り詰めた。

「ひぁ、あぁーっ……！」

収斂(しゅうれん)する孔は抜けていく指を惜しむようにヒクヒクと締めつける。糸を引くほど蜜にまみれた指を引き抜いたジェラルドは「まるで滴った果汁みたいだな」と嬉しそうにそれを舐めた。そして手早く自分のシャツと脚衣を脱ぎ捨てると、四つん這いのままぐったりとしているルイーゼのお尻に、勃ち上がっている雄芯を押し付けた。

「挿れるよ、ルー」

媚肉の隙間に雄芯の先端をあてると、ジェラルドはゆっくりと腰を押し進めた。さっき

まで指を咥えていた蜜孔が今度は太い竿に押し広げられていく。

「う、ぅんん……っ」

もう何度もジェラルドに抱かれているけれど、彼の雄を受け入れる瞬間は慣れることがない。狭隘(きょうあい)な蜜道が圧迫される感じは自分の体内を彼が支配していくようで、ゾクゾクと鳥肌が立つ。

筋肉のように硬くなった肉竿が心と体の疼きを満たしていってくれる。それが嬉しくてルイーゼはいつも無意識に蜜洞を締めつけてしまっていた。

「……この体勢だと挿ってるところが丸見えだな」

肉竿を奥までうずめたジェラルドがハァっと熱く嘆息しながら呟いた。それを聞いてルイーゼの羞恥が再び甦る。

「いや、見ないで。恥ずかしい……」

隠そうと振り返って手を伸ばそうとするが届かず、それは叶わない。

「隠すことはない。言っただろう、ルーはすべてが綺麗だって。俺のものを一生懸命咥えている孔も、こちらの孔さえも、あなたは可愛くて綺麗だ」

熱っぽく言って、ジェラルドの指がお尻の窄まりを撫でた。

「ひっ……」

初めて知る刺激に、ルイーゼの口から引きつった嬌声が出た。

「くすぐったいか？　中がギュッと締まったぞ」

ルイーゼの反応が楽しかったのか、ジェラルドはそこをコチョコチョと指でくすぐる。

「や、あっ、ひっ……んっ」

妙な快感に肌が粟立つのが収まらない。彼の指が動くたびにお尻に力が入ってしまい、蜜洞に収まっている雄芯を締めつける。それが新たな刺激になって、まだ抽挿が始まっていないのに蜜はさらに溢れ出した。

「淫らだな。さっきから中が締めつけっぱなしだ。俺も滾ってたまらなくなってきた」

ジェラルドはルイーゼの腰をしっかり掴むと、根もとまでうずめた肉竿を先端まで引き抜いてから勢いよく奥まで突いた。

「あぁんっ！」

いきなりの激しい刺激に、ルイーゼは体の細胞のすべてが弾けたような気がした。

ジェラルドは腰を大きく動かして蜜道を奥まで何度も抉った。窮屈な膣壁を硬い肉の杭で擦られ、ルイーゼの思考が悦楽に呑み込まれていく。

「あっ、ああっ、んぁあっ」

初めて経験した後ろからの抽挿は、いつもと快感の種類が違った。背骨にまで響く振動のせいで脚に力が入らず、だんだん腿が開いていってしまう。すると肉杭はますます奥にまで届き、ルイーゼの最奥に何度もぶつかっては恐ろしいほどの悦楽を呼び起こした。

「ひあっ、ああ……こ、壊れちゃう……っ」

体がバラバラになって頭が真っ白になってしまいそうでルイーゼは怖かった。それなのに体は極限まで愉悦を求めようとして腰が勝手に揺れ、濃い愛液が結合部から漏れ出る。

「ああ、なんて愛らしく艶っぽい声で啼くんだ。もっと啼いてくれ、ルー。その声で俺を呼んでくれ」

激しく腰を打ちつけてジェラルドが言う。彼も興奮しているようで肉竿が膣の中でさらに大きく硬くなったのを感じた。

朦朧(もうろう)としてくる頭でルイーゼは彼に応えようと必死で名を呼ぶ。

「ジェリー……っ、あぁっ、ジェリー、ジェリー……！　好き……、愛して、る、ぁあああっ！」

限界まで高まった快感は、ジェラルドの手が優しく背中の傷痕を撫でたときに絶頂を迎えた。体の中で快感が弾け、波紋のように全身に広がっていく。蜜洞が激しく収斂し、腰がガクガクと震えた。

「出すぞ、ルー……！」

ルイーゼの肉壁に搾り取られるように締めつけられ、ジェラルドも精を吐き出した。

「は、ぁ……っ、あぁ……」

あまりの脱力感で、ルイーゼはジェラルドが雄芯を引き抜くと共にぐったりと倒れ込んだ。息を切らせて動けないでいるルイーゼに、ジェラルドが覆いかぶさるように体を重ねてくる。

「ルー。世界一可愛い俺だけのルー。今夜のあなたは一層魅力的だった。あの蠱惑的な啼き声をひと晩中でも聞いていたい」

頬にキスをしながら囁かれた甘い言葉を、ルイーゼはぼんやりとした頭で聞く。

「……だが、あなたはまだ俺以外の者の前では喋らない方がいい。まだ声が時々掠れる。無理をしないように、これからは俺の前でだけ喋ることだ。約束できるか？」

気を遣ってくれるのは嬉しいが、散々啼かせたあとでそれは矛盾している気もする。けれどルイーゼは深く考えられずに、「はい……」と従順に返事をした。

「お利口だな、ルーは」

ジェラルドは満足そうに目を細めると、うつ伏せていたルイーゼの体を優しく仰向けにした。そして膝を立てて脚を開かせると、その間に体を割り入れてきた。

「お利口なあなたにご褒美だ。さっきよりもっと気持ちよくしてやるからな」

「え……？」

彼の言っていることが理解できずキョトンとしていると、白濁液の零れる蜜口に指を差し込まれた。

「ひゃ……っ⁉　え？」

まさかと思って目を見開く。双眸に映ったのはすでに屹立している彼の陰茎だ。

「ま、またするの？」

「言っただろう、ひと晩中でもルーの甘い声を聞いていたいと。夜はまだまだ長い。今夜は何度あなたを抱いても俺は萎えなさそうだ」

さっきの気遣いはなんだったのかと思う。けれどそんな矛盾は情熱を滾らせたジェラルドには意味がなく、この夜ルイーゼは彼の言った通り空が白々と明るくなるまで抱かれ続けた。

第四章　譲れない闘い

ジェラルドは確信していた。自分のもとへ嫁いできたルシアがルイーゼであることを。

今までジェラルドは、王族であるルシアがどんな人生を辿ろうと一時的にでも下女に身を落としていたとは考えにくいと思い、ルシアがルイーゼであることを断定できずにいた。

しかしその考えは根本から間違っていたのだと、あの夜、目から鱗が落ちた。

初めて喋ったルシアは、そもそも王族ではなかった。

マクニールはとても有名な異国の劇作家で、中でも悲劇『ソロモンとアクレシア』はオペラとして数十年前から今も上演されている彼の代表作である。大陸の王族はもちろん貴族なら誰もが一度は嗜んでいるほどだ。

そしてサバランとババ・オ・ラムも、近年流行りだした宮廷菓子の定番だ。ただしマゼラン帝国では皇后があまり好まないので宮廷では出たことがないが。

王侯貴族なら当たり前に嗜んでいるはずのオペラも、宮廷菓子として定番の菓子も、彼女は知らなかった。勤勉な彼女は一見博識のようだが、上流階級の目には見えない不文律には酷く疎い。

おまけに初めて聞いた彼女の言葉のイントネーションは時々南部地方訛りで、セロニオアの王女としてはあり得なかった。

それに気づいたとき、ジェラルドの中で絡まっていた糸がほどけたような気がした。

ルシアがルイーゼだったのではない。ルシアはやはり生粋の王女だ。では目の前の妻は誰か？　――ルシアの身代わりとしてどこかで入れ替わった〝偽物〟だ。

そう考えるとすべてが腑に落ちた。輿入れ当初、彼女が頑なに顔を見せたがらなかったことも、前評判とまるで違う誠実な性格の持ち主だったことも、時々マナーや儀礼式典の手順がぎこちなかったことも。

何故偽物が送り込まれてきたのか、その背景はまだわからない。

しかし目の前の妻がルシアではないと判明したことで、彼女がルイーゼであることはほぼ間違いなくなった。

希少な存在である星の瞳、庶民出身、そして……背中の傷痕。

ジェラルドは初め、彼女の背中の傷痕を事故によるものだと思い込んでいた。王族が痕が残るほどの傷を負うことなど、それくらいしか思いつかないからだ。

しかし昨夜彼女が庶民と判明し改めて傷痕を見て、それが鞭の痕だったと気づく。そのとき頭によぎったのは、十年前のあのつらい別れの場面だ。

この傷痕が怒り狂った主人による折檻の痕かどうかはわからない。けれどもそう考えるとさらに辻褄が合った。もはや運命が彼女の正体に気づけと囁いているように。

ジェラルドは静かに歓喜した。

ずっと会いたいと希ってきたルイーゼが、なんらかの数奇な運命によって今目の前にいるのだ。しかも自分の妻として。

これはもう奇跡だと叫んで神に感謝したい気持ちでいっぱいだった。

しかし、事態はそんな単純なことではない。

輿入れしてきた王女が偽物だったなど、本来ならばとんでもない国辱だ。話し合いで済めばいいが、理由によってはセロニオアを武力で制裁することもあり得る。

当然、ことの首謀者と実行者は処刑だ。なんの後ろ盾もない庶民であるルイーゼの命はまず助からない。

彼女がルイーゼである確信は深まったが、それは同時に真実を他の者に決して知られてはならない緊張感も植えつけた。

（一刻も早くセロニオアが偽物を送り込んできた理由を調べ、ルーが無罪になる道を探さ

なくては）

喜びと引き換えにジェラルドは新たな問題も抱える。彼女の無罪を確実にするまでは、本人にルイーゼかどうかを直接問うこともできない。もし彼女が自分はマゼラン帝国に害をなすための偽物だと口を割ってしまったら、皇子である自分はその罪を見逃すことができなくなってしまうのだから。

だから今は気づかぬふりをしてやり過ごすしかない。目の前にいるのに十年分の想いを打ち明けることができず、どんなにもどかしくても。

——しかし。

夏も過ぎ社交シーズンが賑わいだす頃、ジェラルドの焦燥を煽る出来事が訪れる。

「おい、カスパルはどこだ」

「グラーツ少将はただいま歩兵第一部隊の訓練の視察に……」

「それはもうとっくに終わってるはずだ。今すぐ宮殿中を探して呼んでこい」

ジェラルドは従僕にそう命じると、苛立った様子で執務室の椅子に座り直した。

側近とはいえカスパルだって高位軍人なのだから仕事は幾らでもある。四六時中ジェラルドにくっついているわけではない。

そんなことは百も承知しているのだが、最近のジェラルドは彼がそばにいないと酷く苛立ち不安になる。それには理由があった。

「お呼びでしょうか、殿下」

従僕が執務室を出ていってから十五分後、カスパルがようやくやってきた。一見、いつもと変わりないように見える。しかし。

「どこに行っていた。視察の予定時間はとっくに終わっていたはずだぞ」

ジェラルドが厳しさを含んだ口調で尋ねると、カスパルは少しためらった様子を見せてから口を開いた。

「図書館に寄っておりました。少し調べものがあって」

「調べもの？　お前の調べたいこととは主君の妻を口説く方法か？」

隠しきれない怒りを孕んだジェラルドの言葉に、カスパルは口もとを引き結ぶ。そしてひとつ呼吸をしてから「誤解です」と冷静な声で言った。

ジェラルドは知っていた。ここ数週間、彼が時間を見つけては足繁く図書館に通っていることを。そしてそこで〝偶然〟会ったルイーゼに、高い棚の本を取ってやったり、勉強の手伝いをしてやったりしていることも。

カスパルの変化に気づいたのはいつだったろうか。ルイーゼが嫁ぐ前の噂とは違い、勤勉で国民思いの素晴らしい女性だという評判が宮廷で広まった頃だった気がする。

初めは『殿下はよき妃を娶られましたね』という彼の称賛は、やがて『ルシア様の努力されるお姿は胸を打ちます』『あの方は心もお美しいが笑顔も愛らしい』と含みを持ったものへ変わっていった。

ジェラルドはカスパルとの付き合いはそれこそ赤子の頃からになるが、こんな彼の様子は初めてだった。

彼は幼い頃から自分の役割を理解している聡い子供だった。ジェラルドのよき友人でありながら立場をわきまえ、主君に仇なす真似は絶対にしなかった。

それがまさか、よりによって恋敵になろうとは。

さすがに彼が胸の内を正直に吐露したことはないが、言動を見ていればルイーゼに恋をしていることは明白だ。人間の心は測れないものだとジェラルドは痛感する。

「僕はジェラルド殿下に忠誠を誓った身です。天地がひっくり返ったとて殿下の妃であらせられるルシア様に不埒な気持ちを抱いたりはいたしません」

カスパルは胸に手をあて深々と頭を下げる。

おそらく彼の言っていることに偽りはないだろう。彼は根っからの真面目人間で人を欺くことなどしない。

けれどだからこそ恐ろしいのだとジェラルドは背が冷たくなる。

カスパルは本気だ。興味本位や下心ではなく、自分でもどうにもできない恋心を持て余し葛藤している。これは恋ではないと自分に言い聞かせ、それでもルイーゼに会いたくていじましく理由を探しては彼女がよくいる図書館へ足を運んでいる。そして刹那の幸福と自責の念を抱えてジェラルドのもとへ戻ってくるのだ。

二十年以上の付き合いだ、そんな友の心の内がありありと伝わってきてジェラルドは唇を噛みしめる。

「もういい。以降、慎め。お前が何を考えているのかは知らないが主君の妻と親しくしすぎるのは周囲の誤解を招く。彼女の名誉を貶(おとし)めるな」

ただでさえルイーゼをどうやって無罪にするか悩ましいのに、これ以上問題を抱えたくない。ジェラルドは厳しめにカスパルへ釘を刺す。聡明な彼なら己を律してくれることを祈りながら。

しかし。返ってきたのは望んだものとは違う言葉だった。

「……ひとつよろしいでしょうか」

「なんだ」

「殿下は……ルシア様に疑問を持たれたことはございませんか？」

「疑問?」

ジェラルドの片眉がピクリと動く。嫌な予感がよぎった。

「外交官のひとりが話しているのを小耳に挟んだのです。……ルシア様のお顔が昔と変わられたような気がする、と」

思いも寄らなかった危機に、一瞬で血の気が引いた。

確かにルイーゼがどこかでルシアと入れ替わったのであれば、人相の違いが問題になってくる。そのことを今まで誰も指摘しなかったのは、マゼラン帝国に本物のルシアの顔を知る者がほとんどいなかったからだ。

だからと言ってまったくいないわけではない。セロニオア王国に行ったことのある外交官の幾人かは本物のルシアを見ている。今さらながらそんな危うさに気づいて、ジェラルドは背に汗を滲ませた。

「輿入れのときから違和感を覚えていたそうですが、特に最近活発になられたルシア様のお姿を見て『やはり違う』と思われたそうです。以前セロニオア王国で目にしたときと比べて、今の方がお顔立ちがずっと凛々しくお美しいと」

「なんだそれは、馬鹿馬鹿しい。人の顔など成長するにつれ変わるのが当たり前だ」

冷静を装った口調で返し、ジェラルドは机の上にあった書類を手に取って視線を移す。

正直な性格のジェラルドは嘘をつくのが苦手だ。なるべく表情を読まれないよう、書類で顔を隠した。

「外交官のベーデカー卿が以前ルシア様にお会いしたのは二年ほど前のことだそうです。たった二年でそこまでお顔が変わるとは考えにくいですが」

なおも追及しようとするカスパルが煩わしい。どうやって誤魔化すべきかジェラルドが眉間にしわを寄せていると、さらなる追い打ちをかけられた。

「この国へ来られてからのルシア様は前評判とだいぶ違います。最初は輿入れ前の噂が間違っていただけだと思っていましたが、外交官らの話と合わせると疑念が湧いてくるのです。もしや今我が国におられるルシア様は――」

「やめろ！」

彼女の正体に触れそうになるカスパルの言葉を、思わず叫んで遮った。

ルイーゼが危機に晒される不安と怒りで、ジェラルドの鼓動が早鐘を打つ。

「ルシアは俺の妻だ、大公妃を侮辱するような発言はお前だろうと許さんぞ！」

思わず激昂して怒鳴ったが、カスパルは淡々と「侮辱したつもりはございませんが、不快に思われたのでしたら謝罪いたします。お許しを」と頭を下げた。

ジェラルドは彼が何を考えているのかわからない。ルイーゼに恋慕の気持ちを抱いているのは確かだろうが、だったら何故彼女を貶めるようなことを言うのか。

するとを上げたカスパルが、真剣な表情でまっすぐにジェラルドを見つめてきた。射貫くような眼差しには強い意志が感じられる。

「ここからは友人として腹を割って打ち明けたい」

「……言ってみろ」

「僕は主君の妃に不貞を働くような愚かな臣下ではない。だが……もし彼女がその座を降りるときが来たら、僕はどんな業を背負ってでも彼女に寄り添うつもりだ」

「――っ！」

それはあまりに恐ろしく、そして許し難い宣言だった。

聡明なカスパルは今いるルシアが偽物ではないかと考えている。そしてその正体が明らかになった暁には、彼の言う通りルイーゼはジェラルドの妃ではいられなくなるのは間違いない。彼女は罪人になってしまうのだから。

ジェラルドにとってはあってはならない事態だが、カスパルが謀反をせずルイーゼを手に入れるためには唯一の手段だ。そして罪人になった彼女に寄り添うためならば、側近の立場も少将の勲位も捨てて構わないと言っているに等しい。

ふたりきりの部屋に張り詰めた緊張感が漲る。

ジェラルドは緑色の瞳を怒りに濁しカスパルを睨めつけた。だがカスパルも怯むことなく強い眼差しで見つめ返す。

「ルシアが大公妃の座を降りる日など来ない。絶対にならない。彼女の名誉のためにもそうならないことを僕も望む。しかし真実はときに運命を翻弄する。彼女が何もかもを失って窮地に陥ったとき、その手を掴むのは僕だ」

視線をぶつけ合うふたりはまるで一触即発の獣だ。

そのとき、執務室の扉がノックされ不穏な空気が霧散する。

「……これから第二師団との打ち合わせがありますので、失礼いたします」

カスパルは普段と変わらぬ忠実な側近の顔になって、一礼すると部屋から出ていった。

入れ替わるように扉をノックした秘書官が入ってきたが、ジェラルドの纏っている険悪なオーラにビクリと肩を震わせる。

「あの、殿下……。陛下より狩猟祭の案内が届いておりまして……」

「ああ、ご苦労」

視線をカスパルの出ていった扉に縫いつけたまま、ジェラルドは秘書官の差し出してきた封筒を受け取った。それを慣れた手つきでペーパーナイフで開き、書面に目を通す。そこには毎年恒例になっている皇帝主催の狩猟祭の案内と詳細が書かれていた。

これといって変更や重要な連絡はなかったが、参加者の一覧を見てジェラルドは眉を吊り上げた。

苛立たしげに舌打ちしたジェラルドに、秘書官は怯えた様子で「何か問題でも……？」と尋ねる。

「問題はない。ただ今年の狩猟祭は、どうあっても勝たねばならなくなっただけだ」

そう答えたジェラルドの視線は、カスパルの出ていった扉に再び向けられていた。


十月。マゼラン帝国の秋は狩猟祭から始まる。

秋の収穫を豊穣の女神に感謝することを目的にしたこの祭りでは、一番立派な獲物を狩った男がその獲物を女神に扮した女性に捧げ、キスの返礼をもらうのが習わしだ。

参加者はマゼラン帝国の王侯貴族の成人男性。もちろんジェラルドも十六歳で成人になってからは毎年参加している。

しかし彼は優勝したことがなかった。

国内では一、二を争うほどの狩りの腕前を持っているにも関わらず彼がこの大会では本気を出せないのは、習わしの〝女神〟のせいである。

女神役を誰にするかは、優勝者が指名する。形式上はそれだけだが、実際は恋人や妻、或いは想いを寄せている女性を選び、愛の籠もったキスをもらうのが慣例となっていた。

この時期になると年若い貴族男性は、懇意になりたい女性を狩猟祭に誘おうとソワソワ浮足立つ。若者にとっては華々しく優勝し、誘った女性を女神に指名してキスをもらうという一大告白大会でもあるのだ。

独身の皇族の場合は主に婚約者候補の女性を女神に指名したりするのだが、一途にルイーゼを想い続けていたジェラルドが他の女性からのキスなど望むはずもなく、恋を成就させたい他の者たちに花を持たせてやっている状態だった。

しかし、それも去年までのこと。

「ジェラルド殿下は今年、狩りの道具を一新されたそうよ。優勝を狙っているという噂は本当なのね」

「やはりルシア様からキスをいただきたいのかしら。奥方様の前ではきっと格好いいところを見せたいのよ」

「奥方様のために優勝を目指すなんて、昔の女性嫌いだったジェラルド殿下からは考えられないわ。ジェラルド殿下はお幸せね。そんなにも愛する女性ができて」

狩猟祭の会場では新婚のジェラルドに注目が集まり、ご婦人方がきゃあきゃあと噂に花を咲かせている。それもそうだろう、彼女たちの言うことに間違いはなかった。

ジェラルドはこの日のために装備を一新させただけでなく、今日までに空き時間を見つけては狩猟の訓練に励んでいた。気合いの入りように誰もが彼は優勝を目指しているのだと思った。

そんな彼の姿が、ルイーゼにはなんだか照れくさい。

ジェラルドの真意はわからないが、もし皆の言う通り妻からのキスが目的なのだとしたら、嬉しいけれど恥ずかしくてどんな顔をしたらいいかわからなくなる。

「今年の女神様はルシア様で決まりですね。表彰式のお支度を始めましょうか？」

会場に設置された天幕の下で皆の噂に耳を傾けていたルイーゼに、フィスター夫人がニコニコとしながら話しかけてきた。

「気が早いわ」と答えたかったが、黙って首を横に振り照れ笑いをする。ジェラルドの命令でルイーゼはまだ人前で喋ることはできない。もう喉に違和感もないし喋っても問題ないだろうとは思っているのだが、会話によって自分の無知が明らかになるのを恐れ、彼の命令をこれ幸いと守っている。

現に今日の狩猟祭のこともルイーゼは半月前に初めて知った。優勝のキスに儀礼以外の意味が含まれているのはなんとなく雰囲気で感じ取ったが、詳しくはわからないのでやはり何も言わないのが吉だろう。

狩猟祭は祭りと銘打つだけあって賑やかだ。狩猟の会場となる森の前の広場には応援や見物に来た女性のために天幕が張られ、テーブルと椅子が用意されている。もちろんテーブルには色とりどりのお菓子に果物、ワインやパンチなどがパーティー並みに並んでいる。

町の方では庶民たちも賑わっているようで、屋台が出たり公園で人々が踊ったりしているのだとフィスター夫人が教えてくれた。

活気ある明るい雰囲気に、ルイーゼの胸も自然と躍る。お祭りというものを遠目に見たことはあったが、渦中にいるのは初めてだ。昼間の空に打ち上がる花火にさえ、胸がドキドキする。

天幕の下の女性たちは、参加者の男性たちに熱い視線を送り恋の話に花を咲かせている。皆、自分の恋人や想い人に優勝して欲しいのは当然だし、未婚者は誰が誰のキスをお目当てにしているのかも気になる。それに加え今年は注目のジェラルド皇子がいるのだから、観客の女性たちは大盛り上がりだ。

ルイーゼは侍女たちが持ってきてくれたフルーツを摘まみながら、森の前に集まっている参加者たちを眺めていた。そこにはジェラルドもいる。

芦毛(あしげ)の馬に乗った彼は紺色の狩猟服に身を包み、森を見据えている。鋭い眼差しは凛々しく、しゃんと背筋を伸ばして馬に跨がる姿が見惚れるほど美しい。

（格好いい……。ここにいる誰よりもジェリーが一番素敵だわ）

そんなことを思いながら見つめていたルイーゼの視界に、赤い狩猟服の男が映った。あれは、カスパルだ。

栗毛の馬に跨がったカスパルはジェラルドに近づき何かを話している。天幕の下からでは当然話し声は聞こえないが、ふたりの表情からはあまり明るい雰囲気は感じられなかった。

「あら。今年はグラーツ卿も参加なさるのですね。毎年ジェラルド殿下の補佐を務められるから、今まで参加されることはなかったのに」

隣に立っていたフィスター夫人も同じ光景を見ていたようで、そう口にした。他の侍女たちも「まあ、本当」「狩猟服姿のおふたりが見られるなんて、幸運ですわ」「今年はジェラルド殿下とグラーツ卿の競い合いが見られるのかしら。楽しみだわ」と口々に盛り上がる。

（カスパーは初めての参加なのね。カスパーのことも応援したいけど、やっぱりジェリーに優勝して欲しい……）

侍女たちの話を聞きながらルイーゼは密かに悩む。

実はルイーゼはカスパルが今日の狩猟祭に参加することを知っていた。先週、図書館で彼に会ったとき聞いたのだ。

　夏が過ぎた頃からだっただろうか、図書館で彼と頻繁に会うようになったのは。ルイーゼに会うたび彼は親切にしてくれた。高いところの本を取ってくれたり、難しい本を解説してくれたりと。

　ジェラルドに対する恋心とは違うが、ルイーゼにとってカスパルもまた大切な人だ。子供の頃はなんだかんだと文句を言いつつもルイーゼを助けてくれることが多かった。ジェラルドのお目付け役だったせいか年のわりに落ち着いて振る舞っていたが、川で水切りをして遊んだときはムキになってジェラルドと競っていたこともあった。

　再会してからしばらくは特にルイーゼになんの関心もない様子だったけど、図書館で何度も顔を合わせるうちに彼にも随分笑顔が増えたような気がする。自然とルイーゼも彼と接する時間が楽しくなった。

　もっとも、カスパルは主君の妻があの〝ルー〟だとはこれっぽっちも気づいていないようだが。

『来週の狩猟祭に参加するつもりです』

　彼がそう言ってきたのは、先週の昼下がりの図書館でだった。

　そのときルイーゼはまだ狩猟祭の形式的なことしか知らなかったので、『頑張ってください』と口をパクパクさせて微笑んだだけだった。しかし今日、噂話で初めて女神のキスの意味を知り、もしかして彼も誰かのキスがお目当てで参加したのだろうかと考える。

（もしカスパーが優勝したらどの方を女神に指名するのかしら。ああ、気になるけど優勝はジェリーにしてもらいたい。悩ましいわ）

　そんなふうにルイーゼが小首を傾げて悩んでいると、いよいよ狩猟の始まる合図の角笛が鳴った。参加者たちは馬に跨がったまま森へと入っていく。

　この狩猟祭ではまず補助者らが森へ入り獣を追い込み、参加者がボーガンで獲物を仕留めるという流れだ。獲物は主に兎(うさぎ)や鹿や狐(きつね)だが、稀に雉(きじ)や猪(いのしし)などを狩ってきて驚かせる者もいるという。

　参加者が森へ入ってしまうと観客からは様子が見えない。途中経過の報告はあるものの数時間待ちぼうけになってしまうので、観客の女性たちは町へ祭りの見物に行ったり、自分の馬車で待機したりと色々だ。危険なので森へ入ることは禁じられているが、中にはこっそり狩猟の様子を見にいってしまう者もいる。

　ルイーゼは天幕の下で待つことにした。途中経過の報告がくるのはランダムだが、ジェラルドの活躍を聞き逃したくない。侍女たちと一緒にお茶を飲んでそのときを待つ。

　途中経過の第一報が入ったのはおよそ一時間後だった。

ほとんどの貴族が兎か狐を狩っている中、ジェラルドだけが巨大な鹿を二頭も狩っていた。その報告に観客からワッと声援が湧く。さらに、カスパルが珍しい雉を仕留めたという報告が続き、観客たちは大いに盛り上がった。

「すごいわ、今年はジェラルド殿下とグラーツ卿の対決ね」

「主従のおふたりが本気で競うなんて狩猟祭ならではよ。ああ、見にきてよかったわ」

「男らしいジェラルド殿下も素敵だけれど、優美なグラーツ卿も素敵なのよね……。どちらを応援すればいいか迷ってしまうわ」

もはや観客の女性たちは自分の恋人や応援している男性のことも忘れ、ジェラルドとカスパルの話題に熱中する。ふたりが乳兄弟で長年の主従であることは社交界でも有名だ。仲睦まじいふたりが初めて正面から争うというこの状況に、皆興味を掻き立てられている。

（ジェリーは狩猟が得意だということは知っていたけど、カスパーも腕がよかったのね。なんだか面白くなってきちゃったわ）

思わぬ勝負の行方に、ルイーゼも興奮せずにはいられない。

やがて町や馬車にいた婦人たちも戻ってきて、皆固唾を呑みながら一様に次の報告を待つようになった。

「申し上げます！　ジェラルド殿下、グラーツ卿共に二頭ずつ鹿を仕留めました！」

お待ちかねの二回目の報告に、観客たちが再び歓声を上げる。残り時間は三十分。もはや優勝争いはこのふたりに絞られたと言って間違いない。

同じように天幕の下で待機していた皇帝と皇太子も、近年稀に見る面白い展開に目を輝かせていた。

やがて、勝負の行方が気になって仕方のない観客らが森へ近づき始めた。

流れ矢が飛んでくる場合があるから危ないと警備の兵士たちが止めるが、その人数はどんどん増えていく。

(私も近くへ行きたい！　ジェリーとカスパーが競い合って獲物を追ってる姿を一目だけでも見たいわ)

そう思ってルイーゼがソワソワとしていると、察したフィスター夫人が苦笑しながらも手を差し伸べてくれた。

「もう少し近くへ参りましょうか。補助者は西側から小川のある東側へ獣を追い込みます。西側に回れば流れ矢がくる心配はないでしょう」

その言葉を聞いてルイーゼは顔をぱぁっと輝かせると、彼女の手を取って椅子から立ち上がった。

侍女たちと共に西側から森の手前に行き、目を凝らして中を覗き込む。当然だが森の中は木が多く道が悪い。こんなところを馬で駆けているのかと思うと少し背が冷たくなった。

参加者は森の奥にいるようで、遠くから声らしきものが微かに聞こえるが姿はまったく見えない。

しばらく耳をそばだてたり奥の方を凝視していたが何も得られず、ルイーゼがもどかしさを感じたときだった。

何やら声や物音が断続的に聞こえ、それがだんだん近づいてきていることがわかった。森の奥からけたたましく吹かれた角笛の音が響き、「避難！　避難！」という叫び声がはっきり聞き取れた。

（え？　避難？）

あまりに突然でルイーゼは目をパチクリしたまま固まっている。すると参加者たちがざわつき、やがて一斉に皆駆けだして森から離れていった。

「ルシア様、急いで！」

フィスター夫人に腕を強く引かれて、ルイーゼはようやく事態が呑み込めた。何かわからないが危険がこちらに迫ってきているのだ。

その危険が何かは、ルイーゼが駆けだして数十秒後に判明した。追い込みに失敗した猪が、森から飛び出してきてしまったのだ。

しかも猪はクマと見まごうほど大きい。人間に追われ気が立っているのだろう、地面を揺るがすような足音を立てながら広場を駆け回った。

天幕やテーブルは薙ぎ倒され、暴れる猪と逃げ惑う人々で会場は大混乱だ。警備の兵士が猪を撃とうとしても、この人混みでは流れ弾が誰かにあたってしまう。

「猪を森へ追い込め！」

そのとき、馬の蹄（ひづめ）の音と共に勇ましい声が響き渡った。数人の参加者と補助者を連れたジェラルドが森から駆けつけてきたのだ。

彼らは猪を取り囲もうとするが、逃げ惑う人々が邪魔で二の足を踏む。

（きゃあっ！）

地面に落ちていた誰かの日傘が、ルイーゼの逃げる足を妨げた。傘の柄を踏んだ足が痛みと共に曲がり、地面に滑り込むように転ぶ。

「ルシア様！」

慌てて抱き起こそうとしてくれたフィスター夫人に向かって顔を上げたとき、ルイーゼの瞳には恐ろしいものが映った。

重たい足音と共にこちらへまっすぐ突進してくる、巨大な獣。猛烈な勢いで猪が向かってくるのを見つけ、ルイーゼはフィスター夫人を突き飛ばすと「逃げて！」と叫んだ。

突き飛ばされたフィスター夫人は猪の軌道から逸れたが、まだ立ち上がれていないルイーゼは間に合わない。このままあの巨体にぶつかられれば大怪我どころか死ぬかもしれないと思ったが、もうどうにもならなかった。

「……っ！」

恐怖で目を瞑ったのと、「ルー！」と叫ぶ声が聞こえたのはほぼ同時だった。そして次の瞬間、正面から来ると思われていた衝撃を横から受け、ルイーゼは地面をゴロゴロと転がった。

あちこちぶつかった痛みと転がって頭がクラクラしたせいで、しばらくは瞼が開けられなかった。しかし数秒が過ぎると痛みが思ったより軽いことに気がつく。そして、自分が何かに固く包まれていることも。

周囲が酷くざわついている。「ルシア様！」と悲鳴のような侍女たちの声に交じって聞こえたのは、「大丈夫ですかジェラルド様！」と衛兵らが叫ぶ声だった。

驚きで目を見開いたルイーゼの前にあったのは、瞼を閉じ苦痛に眉根を寄せるジェラルドの顔だった。端整な顔は泥にまみれ、擦り傷だらけで血が滲んでいる。

「ジェリー！」

倒れていた体を勢いよく起こしてルイーゼは呼びかけた。背に回されていた彼の手が、力なく地面に落ちる。

ジェラルドは走っていた馬から飛び降りながらルイーゼを自分の懐に保護し、その勢いのまま地を転がって猪の突進を避けたのだ。

おかげでルイーゼはほぼ無傷だったが、地面に体を打ちつけたジェラルドはそうではない。倒れている彼の体を抱き起そうとして頭に手を回したとき、ぬるりとした感触を覚えてルイーゼは顔を青くした。

「ジェリー、しっかりして！　誰か、早く医師を！」

狼のように美しい彼の銀髪が血に濡れている。ルイーゼは自分が人前で声を出していることも気づかず、必死に周囲へ呼びかけた。すぐさま近くにいた衛兵たちが駆けつけ、ジェラルドを担架に乗せ安全なところまで運ぼうとする。

そのとき、東の方から何やら歓声が上がった。振り返ってみると先ほどの猪が何本もの矢を受けて倒れている。その奥にはボーガンを手にしたカスパルが馬に跨がっていた。

猪が仕留められたことには安堵したものの、ジェラルドが心配なことに変わりはない。

（ああ、ジェリー。大怪我だったらどうしよう）

自分が転んだせいで彼を危険な目に遭わせてしまった。事故とはいえ責任を感じてルイーゼは目頭が熱くなってくる。

涙を乱暴に手の甲で拭うと、ルイーゼは泣き崩れてしまいそうになる自分に（私は大公妃なんだからしっかりしないと）と活を入れながら、担架を運ぶ衛兵に共についていった。

幸い、ジェラルドの怪我は軽傷だった。後頭部の皮膚が切れ、少し脳震盪を起こしていたが、時間が経つとそれも治まってきた。体にも打ち身はあるが骨に異状はない。

広場には狩猟の怪我人に備えて医師たちが待機していたため、ジェラルドはすぐに処置を受けられた。宮殿に戻って休むほどでもないと、本人の希望で広場に留まっている。

猪の暴走するトラブルはあったが、それも含め狩猟というものである。狩猟祭は予定通りの時間に終了し、表彰式が広場で行われた。

今年の優勝者はカスパルだ。途中までジェラルドとは同点だったが、最後にあの暴走猪を仕留めたことが決め手となった。

身を挺して妃を守ったジェラルドこそが今日の英雄だという声も上がったが、それと狩猟の結果は別である。広場でおこなわれた表彰式で皇帝から優勝の勲章を胸にもらったのは、紛れもなく今日一番獲物を狩ったカスパルだった。

「それではグラーツ卿。豊穣の女神に獲物を捧げ、祝福のキスを受けるといい」

いよいよ狩猟祭のクライマックスとも言うべき場面に、観客の婦人たちは頬を染めて見守る。

二十一歳という若さで少将の勲位を持ち大公の側近でもあるカスパルは十分なエリートだ。見目も悪くなく、独身で婚約者もいない。そんな彼が主君と競ってまで誰のキスをもらいたかったのか、好奇心と、「もしかしたら私が」という淡い期待で婦人たちの胸は高鳴っていた。

するとカスパルはふっと表情を和らげ、視線を観客の奥に向けた。

彼の瞳が見つめているのは、天幕の下で怪我をしたジェラルドに寄り添っているルイーゼだ。

「僕は妻もいませんし婚約者もいません。恋人と呼べるような相手もいません。ですので、――敬愛するルシア大公妃殿下。僭越(せんえつ)ながらこの不肖な臣下の女神になっていただけないでしょうか」

「え……っ」

予想外の指名に、観客たちからざわつきが起きる。驚きはもちろん、下種な勘繰りや嫉妬、それを嗜める声などが入り交じっている。

まさかカスパルから指名を受けると思っていなかったルイーゼは、どうしたらいいのか戸惑うしかない。

（どうしよう。でもお祭りの儀式なんだから指名された以上やらなくてはいけないのよね）

ジェラルドではなく他の男性の女神になるのは気が引けたが、これは式典のしきたりと同じだ。覚悟を決めて顔を上げる。

「さあ、ルシア様。こちらのお衣装を」

侍女たちも少し戸惑いがあったが、すぐにしきたりだと割りきったようだ。女神用の稲でできた冠と金色のマントをルイーゼに着せにきた。

衣装を身につけ、ルイーゼはカスパルのもとへ向かう。ジェラルドのことが気になって途中で振り返ると、彼はルイーゼではなくカスパルに視線を向けていた。とても険しい表情で。

（ジェリー？）

気がかりだったが、式の途中でグズグズしているわけにもいかない。

広場の中央へ着くと目の前にカスパルが仕留めた獲物たちが運ばれ、皇帝が「マゼランの地にもたらされた大いなる恵みに感謝を！」と高らかに唱えた。広場にいる衛兵や参加者、観客たちもそれに続き「感謝を！」と唱える。動物の血に見立てたワインをルイーゼが受け取って飲み干すと、周囲からは拍手が起きた。

「それでは、祝福の口づけを」

皇帝の進行の言葉で、カスパルがルイーゼの目の前までやってくる。

口づけする場所は特に決まっていないが、愛し合っている者同士ならば唇にするのが通例となっている。けれど当然ルイーゼにそれはできない。

（どうしよう。手でいいかしら）

戸惑っていると、カスパルが腰を屈め顔を近づけてきた。

「頬に」

（え？　あ……キスする場所って女神ではなく優勝者が決めるのね）

進行の内容を詳しく知らなかったルイーゼは、素直に従うことにする。ジェラルド以外の男性の頬に口づけるのはためらいもあったが、断れる状況ではない。

ルイーゼは近づけられたカスパルの頬に、顔を傾け軽く唇を押しあてる。観客たちから黄色い声と拍手が湧き上がった。

「これにて第三十一回狩猟祭を閉幕とする。皆、大地の恵みに感謝しながら冬支度に努めるように」

皇帝の言葉で、ようやく長かった一日が終わった。

ジェラルドのもとへ帰ろうとルイーゼが踵(きびす)を返そうとしたとき、腕を掴まれた。引き留めたのはカスパルだった。

「不躾（ぶしつけ）な頼みだったにも関わらず、女神になってくださってありがとうございました。僕は今日の幸福をきっと一生忘れないでしょう」

感謝されるのは嬉しいがそれは大げさではないかと苦笑しそうになったルイーゼは、カスパルが向けてくる眼差しの熱さに気づき笑みを消した。

（……まさか、カスパー……？）

彼が親切にしてくれるのは主君の妻だからで、女神に指名したのも想い人がいない彼が下手に独身の女性を指名してあらぬ誤解をされるのを避けるためだと思っていた。

けれど青い瞳にルイーゼを捉えて離さない彼の真剣な様相に、そうではない可能性がよぎる。

ドキリと心臓が音を立てたときだった。ルイーゼの腕を摑んでいたカスパルの手が乱暴に払われると同時に、肩を引き寄せられた。

（ジェリー！）

振り返って見たジェラルドの顔は険しかった。肩を抱く手にも強く力が籠められている。ジェラルドはルイーゼを守るように自分の懐に抱き寄せ、カスパルをきつく睨みつけた。

「図に乗るな。俺は負けたとは思っていない」

強い怒気を孕んだ声だ。空気が一気に張り詰めたものに変わり、ルイーゼの体が緊張で固まる。

「……そうだな。ルシア様を守ったのはきみだ。だが、きみの腕なら馬から飛び降りなくとも矢を射って猪を止めることもできたはず。その判断力の甘さが優勝を逃したことは紛れもない事実だ」

「知った口を叩くな。目の前でルシアに危機が迫っているのに、優勝だのなんだの考えられるものか。俺は自分の行動を後悔していない。お前に負けたとも、これっぽっちも思っていない」

ふたりのやりとりにルイーゼがハラハラしていると、周囲もジェラルドとカスパルの様子がおかしいことに気づいたようで視線を向け始めた。

注目されていることを察し、ジェラルドは睨み合いをやめると「行くぞ」とだけ言ってルイーゼの肩を抱いたまま歩きだした。カスパルもこれ以上引き留めるつもりはないようで、別の方向へ歩いていく。

（あんなに仲のよかったふたりが喧嘩をするなんて。……まさか、原因は私なの……？）

ジェラルドの腕の中でルイーゼは胸を痛める。記憶の中にある幼い頃のふたりとさっきの険悪な姿が重なって、秋の冷たい風に吹かれながらルイーゼはなんだか泣きたくなってくるのだった。

狩猟祭のあとは皇帝の主催で大規模な宴が催される。

宮殿の前庭が解放され、狩猟祭に参加した王侯貴族らやその家族で賑わっていた。調理人たちは腕を振るい、その日狩られた獲物を次々に調理していく。焼いた兎肉や雉肉、鹿肉の煮込みなどが集まった客たちに振る舞われた。

しかし、今日の立役者でもあるジェラルドは欠席だった。侍医に、今日はもう大事を取って体を休めるよう言われたのだ。

ルイーゼは今年の女神という立場上、宴に出席しないわけにはいかなかったが、場が盛り上がり皆が酒に酔ってきた頃、こっそりと会場を抜け出した。

「ジェラルド様、ルシアです。お食事をお持ちしました。入ってもよろしいですか?」

侍従に頼み用意してもらった料理を持って、ルイーゼはジェラルドの部屋を訪ねた。ノックをするとすぐに扉が開き、ジェラルドが中へ招き入れてくれた。

「来てくれたのか、ありがとう。だがまだ宴は続いているだろう。抜け出してきてしまってよかったのか?」

「もう宴もたけなわですから。私がいなくなったところで誰も気にしません」

ジェラルドのことが心配で部屋へ来たかったのもあるが、ルイーゼとしては一刻も宴の場から抜け出したい気持ちもあった。

狩猟祭でジェラルドが怪我をしたときうっかり声を出してしまったルイーゼに、周囲は彼女の喉が治ったのだと喜んだ。そうなれば当然、大勢の人が話しかけてくる。今まで喋れなかった分、ルイーゼに聞きたいことや話したいことがたくさんあったのだろう。

しかしルイーゼとしては会話で咄嗟にルシアを演じられる自信がない。わからない言葉や知らない名前が出てくるたびにヒヤヒヤしたし、自分では気づかない南部訛りが出ていないかも心配だった。

ようやく抜け出すタイミングを見つけジェラルドの部屋に駆け込んだとき、ルイーゼは心底ホッとしたのだった。

「兎肉の肉団子のスープと鹿肉の香草焼きをお持ちしました。まだお食事を摂られていないのでしょう？　いっぱい召し上がってください」

トレーをテーブルに置き被せていたクローシュを開けると、ジェラルドが料理の載った皿を覗き込んできた。

「ああ、うまそうだ。けどワインはないのか？　鹿肉にはベル産の赤ワインだろう」

「頭を怪我したときにお酒はよくないのですよ。今日はお水で我慢してください」

そう言ってルイーゼが水差しからグラスに水を汲むと、ジェラルドは拗ねた表情をしながらもそれを受け取ってひと息に飲んだ。

「お怪我の具合はどうです？　まだ痛みますか？」

テーブルに着き料理を食べ始めたジェラルドの向かいの席に座り、ルイーゼは心配そうに尋ねた。彼の頭にはまだ包帯が巻かれていて痛々しい。

「いや、もうなんてことはない。侍医が大げさなだけだ、心配するな」

平然と語るその姿に嘘は感じられないが、ルイーゼは眉根を寄せる。

「……ごめんなさい。私が逃げ遅れたせいで」

あの場面ではどうにもならなかったとわかってはいるが、彼の包帯や、顔や手に残る擦り傷の痕を見ると謝らずにはいられなかった。

「何故謝る。あなたに非は一切ないだろう」

案の定の答えが返ってくる。ルイーゼは申し訳なさや自分の不甲斐(ふがい)なさをどう伝えればいいのかわからず、口を噤んだ。

「それに俺は、自分のしたことを後悔していない。いや、誇りにさえ思っている。あなたを助けることができた——それが優勝より輝かしい、俺の勲章だ」

真摯な思いで紡がれた彼の言葉は、ルイーゼの罪悪感を消し去り胸を震わせた。まっすぐに見つめてくる彼の眼差しは優しく、けれども熱い。

「ジェラルド様……」

　思わず瞳を潤ませ呼びかけると、ジェラルドは幸福そうに微笑んだ。

「今はふたりきりだ。ジェリーと呼んでくれ」

　そう言って彼は席から立ち上がるとルイーゼの前まで行き、手を伸ばして頬を撫でてきた。温かい手のひらに頬を擦り寄せると、そっと顔を上向かされる。

「ジェリー……私を守ってくれて、ありがとう」

　唇が、重なり合う。優しいけれど、想いの籠もったキスだった。

「愛してる、ジェリー。私にとって今日の英雄はあなたよ。感謝と、祝福のキスを」

　ルイーゼは椅子から立ち上がると、今度は自分から口づけをした。ジェラルドが背に腕を回し、硬く抱きしめてくる。

　優しいキスはやがて情熱を孕み、どちらともなく舌を絡め合う。唾液を纏ったなまめかしい音と息遣いが、ふたりきりの部屋に響いた。

「あ……っ、待って」

　背を抱きしめていたジェラルドの手が腰からお尻へと下がってきたのを感じて、ルイーゼは思わず止める声をかけた。

「何故？　疲れているのか？」

気遣ったジェラルドが、労わるように髪を優しく撫でてくれる。ルイーゼは思わず笑みを零した。

「疲れてるのはジェリーの方よ。今日のあなたは怪我人なのだから、無理をしては駄目」

子供を嗜めるような口調で言うと、呼応するように彼の顔に拗ねた表情が浮かんだ。

「もう大丈夫だと言っただろう。これっぽっちの傷で怪我人扱いされるのは心外だ。無理などしていない」

「でも心配だわ」

「心配なら俺の心臓にしてくれ。あなたが愛しくて、欲しくて、今にも爆発しそうだ」

そう言ってジェラルドはルイーゼの体をグッと抱き寄せた。確かに、触れ合った胸から彼の高鳴る鼓動が感じられる。

その心地よさに、ルイーゼはこれ以上彼を拒めなくなってしまう。

「……激しくしては駄目よ。傷口が開かないように、気をつけて」

「わかっている」

許可をもらったジェラルドは口角を上げると、嬉しそうにルイーゼの顔にたっぷりキスをした。頬や鼻先や瞼を啄(ついば)んだあと、耳朶を甘噛みした。

「ぁんっ」

ゾクリとした刺激に甘い声が漏れる。

ジェラルドは抱きしめた手で背を何度も撫でると、その手を再びお尻まで下ろした。

「んっ……、は、ぁ……」

丸みと弾力を堪能するように動く手は、くすぐったくてもどかしい疼きを植えつける。

最近気づいたのだが、どうやらジェラルドはお尻を触るのが好きなようだ。ルイーゼとしては少し大きめな自分のお尻は恥ずかしくてあまり好きではないのだが、彼はそうではないらしい。

背中を見られても平気になってから、彼はルイーゼをうつ伏せにしてお尻や太腿を撫でたり、柔肉に口づけの痕をよく残すようになった。

「あ、あ……」

耳や首筋を舐められながらお尻を揉まれ、ルイーゼはゾクゾクと背を震わせる。彼にやたらと愛されるうち、臀部が敏感になってきた気がする。

やがてジェラルドはもどかしそうにドレスのスカートを捲って、ドロワーズもずり下げてしまった。立ったままの姿勢でお尻が剝き出しになる。

「ま、待って」

途端にルイーゼは羞恥を感じて焦った。ここは夫婦の寝室ではない、ジェラルドの私室だ。ソファーとそれに合わせたテーブル、書斎机がある。淫らな営みをする場所ではない。

ふたりきりとはいえ、寝室以外の場所で肌を晒すのはいけないことをしているようで恥ずかしい。それに誰かが用事で訪ねてくる可能性だってある。

しかしジェラルドは「待たない」と言いきると、丸出しになったルイーゼのお尻を両手で揉んだ。捏ねるように揉みしだき感触をたっぷり楽しんだあとは、柔肉を摑み媚肉ごと左右に開く。

「あっ……！」

敏感な場所が冷たい空気に触れただけで、ルイーゼの体の芯が熱くなった。服を着たまま卑猥な場所だけを晒している自分が、とんでもなく濫りがましい女性に思える。

「いや、ぁ……。恥ずかしい……」

声を震わせて訴えるが、ジェラルドはやめるどころか妖しく目を細めて微笑んだ。

「何故恥ずかしいんだ？　言ってごらん」

「だって……そんなに開かれたら見えてしまうもの」

「ここには俺たち以外いないから大丈夫だ。それとも、見てもらいたいのか？」

意地悪な質問をしながら、ジェラルドは柔肉を弄び続ける。左右に開いては閉じる動きを繰り返しているうちに、粘着質な音が聞こえだした。

「ああ、もうやめて……！」

ルイーゼは顔を真っ赤にして彼の胸にうずめた。秘部を晒されているだけで蜜を零し始めた自分の体が、恥ずかしくて仕方がない。

「本当にルーは可愛いな。もっと意地悪をしたくなってしまう」

羞恥に悶（もだ）えるルイーゼをうっとりと眺めて、ジェラルドは手を離し腕をほどくと、ルイーゼを書斎机の隣まで連れていった。そして脱げかけていたドロワーズを脚から引き抜くと、右脚を大きく持ち上げる。

「きゃあっ！」

ジェラルドはルイーゼの右脚を書斎机の上に着地させると、スカートを腰まで捲り上げた。はしたなく片脚を上げた姿勢で下半身が丸見えの状態だ。しかも寄りかかった目の前の壁は大型の窓で、外から見られかねない。

「待って、こんな格好……」

脚を下ろそうとしたが、ジェラルドに後ろから押さえられてしまった。しかも彼はトラウザーズ越しにいきり立った雄芯を押し付けてくる。

「今夜はいい月夜だ。月明かりに照らされた美しいあなたを見ながら抱かせてくれ」

「そんな……」

確かに夜空にはぽっかりと白い月が浮かび、月光がルイーゼたちのいるところまで差し込んできている。けれどこんなに窓に近づいていては、外からも丸見えだ。

この部屋は三階にあるが宮殿の中庭に面している。もし誰かが中庭からこちらを見上げたら、はしたないルイーゼの姿を目撃されてしまうだろう。

「誰かに見られてしまうわ」

「こんな時間に中庭を歩いている者なんていないさ。それにもしいたとしても、俺は構わない。こんなに俺がルーを愛し、ふたりが深く繋がっていることを宮殿中に知らしめてやりたいくらいだ」

どうやらジェラルドは本気だ。引くつもりはないらしい。

ルイーゼが薄暗い中庭をハラハラとした気持ちで眺めていると、衣擦れの音が背後からして熱い肉塊がお尻に押しあてられた。

「俺ももう滾っている。早くあなたを貫きたい」

先端に雫(しずく)を滲ませた肉竿を、ジェラルドはお尻の谷間に擦りつける。ぬめる刺激と熱さに、ルイーゼは背を戦慄かせた。

「あぁ……」

ルイーゼの体から力が抜け抵抗しないことを悟ると、ジェラルドは脚を押さえていた手を離した。そして後ろから抱きしめながら、胸のふくらみをやわやわと揉む。

ドレス越しに乳頭を爪で擦られ、もどかしい疼きがルイーゼの体に蔓延る。陰茎は相変わらずお尻の谷間を擦り、乳頭は布越しの刺激しか与えられない。じれったくて、まるで快感のお預けをされているみたいだ。

「ジェリー……」

切ない気持ちになって、たまらず名を呼んだ。

「どうした？　そんなに泣き出しそうな声を出して」

どこか楽し気なジェラルドの声に、ルイーゼは今まで知らなかった彼の嗜虐的な一面を知った気がした。彼はきっと、ルイーゼの体が疼いていることに気づきながら、わざと焦らしている。

「……意地悪……」

小さく呟いて俯くと、後ろから耳朶を食まれた。思わず「あっ」と悲鳴のような嬌声があがる。

「すまない。あなたがあまりにも可愛いから少し虐めたくなってしまった」

耳に愛撫をしながらそう囁いて、ジェラルドはルイーゼの広く開いたドレスの胸もとを引き下げた。ブラシエールから容易く乳房がまろび出る。

たわわなふたつの膨らみを、ジェラルドの大きな手が摑んだ。指をうずめるように揉み、乳輪ごと乳首を摘まみ上げる。

「ひぁんっ！」

いきなり強い刺激を与えられ、もどかしさに疼いていた体が歓喜に震える。乳頭を指で強く摘ままれるたびに快感が全身を巡り、腰がジンジンと痺れた。

「あんっ、あっ……」

「ルーは本当に可愛いな。すぐに耳まで赤くなるのも、上擦った啼き声も、感じやすい体も。それから……俺を求めて蜜を滴らせているここも」

お尻の間を擦っていた肉茎が角度を変えて、グッと膣孔に押し挿れられた。立ったまま脚を上げた体勢は深く雄芯を受け入れ、体を貫かれたかと思うほどだった。

「あぁあ……っ！」

奥まで一気に肉壁を抉られ、ルイーゼは頭が真っ白になった。あまりの愉悦の強さに、一瞬息が止まったほどだ。

ジェラルドは片手でルイーゼの腰を押さえ、もう片手で胸の頂を弄りながら抽挿を繰り返した。肉杭は蜜口と隘路を大きく開きながら、何度も最奥を穿つ。ふたりの露が絡まり合い滴って、床を汚した。

「んあっ、あっ、あうっ」

ジェラルドが激しく腰を打ちつけるたびに、ルイーゼの豊かな胸がはしたなく揺れた。不安定な体勢でルイーゼは目の前の窓に手をつくしかなく、ガラスに反射した自分の淫らな姿と向き合う形になった。

（ああ、なんてはしたない姿。胸も丸出しで、大きく脚を開いてジェリーに突かれているなんて……）

もしかしたら外からこの姿を誰かが見ているかもしれないと思ったが、もう抗う気持ちはなかった。恥ずかしいのに、彼と同じく誰に見られても構わないという思いが湧いてくる。彼と深く繋がり、幸せを分け合っているのだ。恥ずかしいけれど、悪いことではない。

そう思うと体がますます熱くなった気がして、ジェラルドのくれる悦楽が嬉しくてたまらなくなった。自然と膣肉をうねらせ、雄芯を締めつけてしまう。

「ルー。こっちを向いてくれ」

ジェラルドの手がルイーゼの顔を摑み、後ろを振り向かせる。間近で視線が絡み、自然と唇を求め合った。

「ああ……綺麗だ。愛している、絶対に誰にも渡さない。俺のルー……俺だけのルー。何があってもあなたを離さない。今度こそ守りきる」

激しい口づけの合間に、ジェラルドは熱っぽく言葉を紡ぐ。悦楽に酔うルイーゼはもう何も考えられないけれど、情熱的な彼の声色に多幸感を覚えていた。

「ジェリー、ああ……っ、もう私……っ」

ルイーゼの下肢が大きく震え、ふたりが繋がった蜜口から露が零れ落ちた。

収斂する蜜洞に誘われるようにジェラルドも腰を震わせ、絶頂に達する。

「はぁ……、はぁ……」

雄芯が引き抜かれ、ルイーゼが机から脚を下ろすと、慣れない体勢をしていたせいか脚から力が抜けてへたり込みそうになってしまった。

「おっと」

その体を、ジェラルドがすかさず抱き留めてくれる。

「すまない。無理をさせたな」

そう言って彼はルイーゼを抱きかかえると、ソファーへと運んでくれた。

「疲れただろう。寝てしまってもいいぞ、俺が寝室まで運んでやる」

濡れた布でルイーゼの体を優しく拭きながら、ジェラルドは微笑んだ。彼の言う通り倦怠感でこのまま眠りたくなるが、力を振り絞って瞼を開く。

「ありがとう、ジェリー。……私、あなたが好きよ。世界でただひとり、誰よりも勇敢で優しいあなたのことを愛しているの。だから……他の誰かを憎んだりしないで……」

ルイーゼは、今夜どうしてもその言葉を伝えたいと思っていた。

昼間に見たジェラルドとカスパルの姿が忘れられない。本当の兄弟のように仲のよかったふたりが、もしかしたら自分のせいで対立しているのかもしれないことがずっと胸に引っかかっていた。

疲れと眠気で朦朧としながらルイーゼが伝えると、ジェラルドの表情が変わった。驚きのあと、何か言いたそうに唇を噛みしめる。その顔はどこかつらそうだ。

ルイーゼは手を伸ばし、そっとジェラルドの頬を撫でた。馬から飛び降りたときについた擦り傷は、もう瘡蓋（かさぶた）になっている。

「……わかった。約束する。俺はあいつをもう憎まない。……だが、何があってもルーは俺のものだ。絶対に離さない。もし——真実がそれを許さなくても」

最後の言葉の意味を聞き返したかったが、ルイーゼは限界を迎え眠りに落ちていった。

夢の中でルイーゼは黄金色の衣装をまとった女神になり、ジェラルドと共に馬に乗って森をかけた気がする。

狩猟祭が終わればマゼラン帝国は本格的な秋を迎え、間もなくやってくる冬に備えることになる。十月が過ぎ——ルシア王女の嫁入りから半年が過ぎようとしていた。

第五章　明かされた真実

冬の足音が聞こえる晩秋の夜。

湯浴みを終え夜着に着替えたルイーゼは、自室のソファーに座り両手で顔を覆っていた。

目の前にあるテーブルには届いたばかりのアラゴンからの手紙。その内容にルイーゼは絶望していた。

いつか来るとわかっていた、偽りの幸福が終わる日。

手紙にはついにその日が訪れることが記されていた。

年末に開かれるマゼラン帝国の大舞踏会に、セロニオア王国の国王と王妃が来ることが決まったのだ。ふたりは輿入れした娘との再会を楽しみにしているという。

もはや誤魔化す術はない、一巻の終わりだ。

アラゴンからの手紙には、自分は家族を連れて海の向こうへ逃げるのでもう連絡は取れないと書いてあった。あれほど名誉や財産に拘っていた彼が何もかもを捨てて逃げるのだ、真実が公になった暁には処刑どころか両国を巻き込んだ大騒動になることはルイーゼにも想像できた。

『お前も命が惜しければ早く逃げろ』と無責任な言葉で締めくくられた手紙には、金貨が十枚ほど添えられていた。王女偽装を務めた七ヶ月分の報酬としてはあまりにも安すぎるが、逃亡資金のつもりなのだろう。金貨十枚ならば海の向こうに逃げることも、どこかに身を潜めてしばらく暮らすこともできる。もっとも、ルイーゼは逃亡する気などまったくないが。

舞踏会まではあと約一ヶ月。

その日が最期の日になるのだろうかとルイーゼは思う。

最初の頃は正体がバレて処刑されることが怖かったが、今はそうではない。縛り首になることなどどうでもいいと思えるほど、ジェラルドのそばにいられる日々が終わってしまうことが悲しくて、彼を傷つけることがつらかった。

今のジェラルドはルイーゼをとても愛してくれている。閨でだけでなく、空いた時間があれば会いにきて共に過ごしてくれた。お茶を飲んでお喋りをしたり、オペラへ連れていってくれたり、馬の乗り方を教えてくれたこともあった。

彼がルイーゼを見つめる瞳はひたすらに優しく、『ルー』と呼ぶ声にはいつだって愛しさが籠もっている。

そんなジェラルドの愛を感じるたびにルイーゼは喜びに溢れる反面、苦悩にも苛まれた。愛されるほどに彼を欺いている事実がつらくなり、愛するほどに永遠に彼の妻ではいられないことが悲しくなる。

あと一ヶ月ほどで審判は下されるが、今はただジェラルドのことしか考えられない。もし自分の半身を差し出せば永遠に一緒にいられるというのなら、声だって瞳だって喜んで差し出すというのに。そんな願いを聞いてくれる神などこの世にはいないのだ。

別れの運命が避けられないものならば、せめてジェラルドの心と名誉を守りたいとルイーゼは思う。

（どうすればジェリーを傷つけず事態を収拾できる……？）

アラゴンは逃げろと言っていたが、当然ルイーゼにその選択肢はない。逃亡などしたらますますジェラルドとマゼラン帝国は世界の笑いものだ。

（正直に言うのも駄目。本物のルシア王女に逃げられたことも、身代わりの花嫁が庶民だったこともジェリーを貶めてしまう）

ルイーゼは考え、そしてひとつの覚悟を決める。

どうせ返事はないだろうが、アラゴンへ手紙を書いた。それとは別に、ある依頼書を作り金貨十枚を添えて、アラゴンの遣いの者に託す。

自分でも稚拙な作戦だとは思うが、ジェラルドを守るために今のルイーゼができる精いっぱいの手段だった。

『拝啓　ウンベルト・デ・アラゴン閣下
私の身代わり生活は間もなく終わりを迎えますが、お約束の報酬をいただいておりません。ですので、勝手にいただくことにします。七ヶ月の身代わり生活の報酬、それはアラゴン一族の一員に私を加えていただくことです。どうせあなたは捨てた家門なのですから構いませんよね？　それにご心配なく。私が処刑されるまでの形式的なものですので。

あなたはこの作戦を投げ出し逃亡しましたが、私は私のすべてで贖い決着をつけます。

閣下には申し上げたいことが山ほどありますが、最後にひと言だけ。私をジェラルド殿下と会わせてくださって、ありがとうございました』

ルイーゼはすべての罪をひとりで負うつもりだった。

ルシア王女は結婚が嫌で逃げ出したのではない、アラゴン宰相の私生児であるルイーゼが、ジェラルドを慕うあまり無理やり花嫁の座を奪ったのだ――という筋書きにして。

遣いの者には、極秘に出生証明書を偽造してもらうよう頼んだ。これで曲がりなりにも〝セロニオア王国宰相の血縁者〟という肩書が手に入る。皇室を騙した不届き者に変わりはないが、どこの誰ともわからぬ下女よりは、遥かに体面がいい。

それにアラゴンの娘という立場ならば、ルイーゼが主体となってこの大それた作戦を決行したことにも説得力が増す。セロニオア王国の宰相は娘可愛さのあまり王家を裏切って花嫁を入れ替えてしまったという筋書きだ。

アラゴンにも多少泥を被ってもらうことになるが、もとはといえば彼の失態なので問題ない。罪をひとりで背負おうとしているルイーゼに文句を言えるはずもないだろう。

すべてはルイーゼの愚かな恋心ゆえ。

ジェラルドもマゼラン帝国の人たちも気づかなかったのも仕方ない。私生児と言えどルイーゼは宰相であるアラゴン侯爵家の血を引き、幼い頃から上質な貴族教育を施されてきた。宮廷行事には少し疎いものの、王女と遜色ないほどの品格を有していたのだから顔さえ知らなければ騙されるのも無理はなかった。

（……この理屈なら、ジェラルドとマゼラン皇室を少しは貶めずに済むかしら）

ジェラルドを守るためならば、ルイーゼはどこまでも悪役を演じられる。我儘で、無礼で、狡猾な悪女に。

きっとジェラルドは騙されていたことを憤慨するだろう。ルイーゼを悪魔のような女だと蔑むかもしれない。それでいい。傷つき悲しむよりもずっといい。そして今度こそ素晴らしい女性を娶って、愚かなルイーゼのことなど忘れてしまえばいいと思う。

ルイーゼは暖炉の中にアラゴンからの手紙を捨てて燃やした。赤々とした火がルイーゼの顔にゆらゆらと影を作る。

そのとき部屋にノックの音が響き、「ジェラルド殿下がご寝所でお待ちです」と女官が呼びにきた。

「今行くわ」

答えて、ルイーゼは瞼を閉じ深呼吸すると、目を開き〝大公妃〟の顔になった。

あと何度、彼の腕に抱かれ夜を過ごせるのだろうか。そんな悲しい数は数えない。今はただルシアとして、大公妃として、自分の務めを果たすことだけを考えた。


ジェラルドが年末の舞踏会にセロニオア王国の国王夫妻が来ることを知ったのは、ルイーゼより三日ほど遅かった。

マゼラン帝国が年末に開く大舞踏会は毎年友好国を招待しており、連合国と終戦した今年からはセロニオア王国も招くことになった。

この時期は社交シーズンの一番の盛りとあって、各国とも招いたり招かれたりと大忙しだ。必ずしも国王夫妻が来られるものではなく、名代として王子や王女、宰相、あるいは外相や外交官が来ることも多々ある。

そんな中セロニオア国王夫妻が来訪することになったのは、嫁入りした娘が気がかりだったからだろう。あるいは結婚という絆を結んだマゼラン帝国の様子を窺いたかったのかもしれない。

何にせよ、セロニオア王国からは国王夫妻が出席するという返事が届き、そこには娘ルシアに会えるのを楽しみにしている旨が書き添えられていたのだ。

ジェラルドは焦燥した。

ルイーゼに関する調査は着々と進んでいるつもりだった。花嫁が入れ替わったのはおそらく入宮の二日前であること。何故かルシア王女が失踪し宰相アラゴンが慌てて身代わりを探していたことも判明していた。

しかし肝心のルシア王女の行方は未だ不明で、彼女の失踪理由もわからない。大陸の南の方で目撃情報があったのだが、そこから先の情報が摑めず手こずっているところだ。

さらにもうひとつ、調査員が気になる情報を持ってきた。とある帝国で十七年前に起きた皇女失踪事件。ルシアとは無関係かもしれないがジェラルドは妙に引っかかって、並行して調査を進めさせている。そのせいで調査の進捗に時間がかかっているのもあった。

それでもあと二、三ヶ月もあればどうにかなるだろうと考えていた矢先である。ひと月後の舞踏会に、セロニオア国王夫妻がやってくると皇帝から聞いたのは。

このままではルイーゼはルシアと入れ替わった大罪人になってしまう。

「……っ、何か手立てはないのか！」

ひとりきりの執務室で、ジェラルドは苛立ちと焦燥のあまり机をこぶしで叩いた。

己が情けない。今度こそルイーゼを守りきると誓ったのに、なんてざまだと奥歯を嚙みしめる。

（――いっそ、ふたりでどこか遠くに逃げ出してしまおうか）

刹那そんな考えがよぎったが、首を横に振って自分を戒めた。

（違う、それじゃあ駄目だ。そんなことをしたってルーは幸せになれない。それに俺は二度と逃げないと決めたんだ。どんな困難にだって堂々と立ち向かってみせる）

深呼吸をして気分を落ち着かせると、ジェラルドは大舞踏会の招待客リストをもう一度見返した。ずらりと並ぶ国名の中、ひとつの国に目を留める。そこには『イスミュール帝国』と書かれている。

（……大丈夫だ。希望はまだある）

ジェラルドは瞳に決意を籠めて表情を引きしめた。そして侍従を呼びすぐに馬の用意をさせる。

（あきらめない。あきらめるものか。十年前、勇敢に俺を守ってくれた少女を、今度は俺が守ってやる番だ）

窓の外は鉛色の雲が空を覆い、冷え冷えとした風が吹いている。

冬はもう、すぐそこまで来ている。

マゼラン帝国より馬で十日、さらに船で川を下って五日ほど南に行くとタリアラという国に着く。

タリアラは海に囲まれた半島で湾港を多く持ち、交易や旅行のため多種多様な人々で溢れる国だった。

その中でも特に人の行き交いが盛んな最南端の港町に、ジェラルドは少数の護衛だけつけてお忍びでやってきていた。

本来なら馬と船を使って十五日はかかるところを彼らは昼夜問わず馬を走らせ、わずか十二日でこの町に着いた。

護衛の者らは目の下に隈を作り疲れきっていたが、ジェラルドは町についても休むことなく動き続ける。ルイーゼを救う手立てを探すために。

極秘に調べさせていた調査員がルシアの足取りを最後に掴んだのが、このタリアラの港町だった。しかしそれ以降の調査が難航していたのは、この町に巣くうならず者たちのせいだ。

多種多様な人々が行き交い繁栄した町には、裏社会がつきものだ。彼らは違法な商品を取り扱ったり、善良で無知な者から金や商品を騙し取ったり、時には商人から依頼を受けて商売敵を潰したりもする。

タリアラの港町ではそんな裏社会を取り仕切るボスとして、サンソーネという男が名を轟(とどろ)かせていた。そしてどういうわけか、ルシアの調査を邪魔しているのがそのサンソーネの一味だという。

裏社会は治外法権だ。いくら大帝国の皇子の遣いとはいえ、異国の裏社会の中枢部を探るには危険が大きすぎて調査隊は手をこまねいた状態だった。

しかしジェラルドにはもう時間がない。

調査隊が二の足を踏んでいるのなら自分の手で真実を暴いてやると、ここまでやってきたのだった。

「ルシアという女を捜している。黒髪に琥珀の瞳、……セロニオア王国の王女だ。この町で目撃情報があった。お前らなら何か知っているはずだ」

脇目も振らずサンソーネらのアジトに向かったジェラルドはルシアの人相書きを手に、

屋敷の門の前に立つ男らに尋ねた。

身なりも人相もよくない男らは「知らねえよ、帰んな」と不遜な態度で答えたが、ジェラルドがマゼラン帝国皇室紋章のついた軍刀の柄を見せると一瞬顔を引きつらせた。

「もう一度言う。ルシアという女の情報を知っているならすべて話せ。彼女は今どこにいる」

男らは互いに顔を見合わせたが、「……知らねえつってるだろ」と口ごもりながらも答えを変えなかった。

「もういい、お前らでは話にならない。サンソーネに会わせろ。火急の事態だ、悪いが勝手に入らせてもらう」

痺れを切らしジェラルドが屋敷の門をくぐろうとすると、男たちは「勝手なことするんじゃねえ！」と飛びかかってきた。しかしジェラルドはそんな荒くれたちを背負っては投げ、足を払い、片っ端から倒していってしまう。

「俺に構うな、急いでるんだ」

地面に転がされた荒くれたちも、手を出す隙もなかった護衛たちも、ズカズカと屋敷に入っていくジェラルドをポカンと見ている。ジェラルドが戦地では優秀な軍人であることは有名だが、五人の荒くれを素手であっさり倒してしまうほど体術にも優れていたとは護衛でさえも驚いた。

「誰だてめえは！」

「サンソーネに会わせろ。会わせないなら押し通る」

屋敷に入ったジェラルドは再び同じようなやりとりを繰り返し、摑みかかろうとする男たちを次々に投げ飛ばしてしまった。護衛たちも慌てて駆けつけ、ジェラルドに協力する。

すると、騒ぎを聞きつけて二階から大柄な男が降りてきた。

「おいおい、帝国の皇子様が俺の屋敷で大暴れしてるってのは本当か？」

顔中を髭（ひげ）で覆った熊のような男が、手下を引き連れて階段を軋（きし）ませながらやってくる。

その手には小銃が握られていた。

「お前がサンソーネか」

周囲の荒くれたちが途端に緊張を帯びた表情になったのを見て、ジェラルドはこの男がサンソーネだと直感する。

「聞きたいことがある。ルシアという女を知っているだろう？　セロニオア王国の王女だ。彼女が今どこにいるか知りたい」

「あぁ？　知らねえなあ、そんな王女様とやらは。それより皇子様よお、勝手に乗り込んで随分好き勝手やってくれたじゃねえか。当然詫びてくれるんだろうなあ」

「先に摑みかかってきたのはお前の手下だ。俺は振り払っただけだ。で、ルシアはどこだ。時間がない、すべて吐け」

「おいおい、随分と礼儀のなってない皇子だな」

「いいからさっさと吐け」

最初はのらりくらりとかわそうとしていたサンソーネも、ジェラルドが一歩も引かない様子を見て苦々しい顔をする。

そのときだった。

「ジェラルド様！　二階の窓から女がひとり逃げ出そうとしています！」

外を見張っていた護衛のひとりが、ジェラルドに向かってそう叫んだ。

「なんだと！　逃がすな、絶対に捕まえろ！」

すぐさま踵を返したジェラルドだったが、「待ちな！」という声と共に銃弾が頰を掠める。

「行かせねえぜ、皇子様」

手に蛮刀を持ち直したサンソーネと、それぞれの武器を向けた手下たちがこちらへ近づいてくる。ジェラルドは眉を吊り上げ眼光を鋭くすると、腰に下げていた軍刀の柄に手をかけた。

「邪魔をするな。急いでいると言っただろう」

「そうはいかねえんだ。こっちもあの女を簡単に渡すわけにはいかねえからな」

先に襲いかかってきたのはサンソーネだった。厚い刃の蛮刀を大きく振りかぶる。

ジェラルドはそれを軍刀で難なく弾き、正面の大柄な体に蹴りを入れた。サンソーネはその場にうずくまって腹を抱えたが、すぐさま両脇から手下のあらくれが短剣で切りつけようとしてくる。

身をかわし一太刀に薙ぎ払ったが、今度は奥から銃弾を放たれ、ジェラルドは避けるために一瞬バランスを崩してしまった。

マズいと思ったときには遅かった。立ち上がったサンソーネの蛮刀が、ジェラルドの背を外套ごと裂く。

「うっ……！」

背中が焼けるように熱く感じたと同時に、床にボタボタと血が落ちた。全身にブワッと脂汗が滲み、体がその場にくずおれそうになった。

それを見てサンソーネがニヤリと口角を上げる。

「はっ、皇子様よお。今なら命だけは助けてやるぜ。その代わり有り金全部置いて、俺たちのことは二度と追わないと――」

「断る」

「は？」

瞬きをしたサンソーネは、次の瞬間顔の真ん中に傷を負っていた。鼻骨ごと切られ、絶叫を上げながら床を転がりまわる。

ジェラルドは背に傷を負っても膝をつかなかった。両足で力強く床を踏みしめ、軍刀の柄を握り、瞳から闘志を消さない。

「俺はもうあきらめないと決めたんだ。こんな傷、ルーが俺を守って負った傷に比べたらなんともない」

サンソーネがやられたのを見て、手下たちは一斉におじけづいた。彼らに戦意がなくなったことを感じて、ジェラルドはすぐに屋敷を出る。

屋敷の外では護衛の兵士がふたりがかりで女を取り押さえていた。彼らはジェラルドがやってきたことに一瞬安堵の表情を見せたが、外套の背が血に染まっているのを見ると青ざめた。

「ジェラルド様！　お怪我を⁉」

「大丈夫だ。それより……」

兵士に捕まっている女は抵抗しもがいていた。頭巾を被り顔を隠そうとしているが、長い黒髪は隠せない。

「……ルシア王女だな」

ジェラルドがそう呼びかけると、女はビクリと肩を跳ねさせたあとにもがくのをやめた。

そして恐る恐るといった表情で振り返る。

透けるような白い肌に琥珀色の瞳、長い黒髪。そして娼婦のような下品なドレスを着ていてもどこか滲んで隠せない気品。ルシア王女に間違いなかった。

「……ジェラルド皇子……なの？」

怯えた様子で尋ねたルシアに、ジェラルドはコクリと頷く。それから握っていたままだった軍刀を鞘に収めると、「怖がるな。別にあなたを斬りにきたわけじゃない」と告げた。

ひとまずジェラルドたちは手近な宿をとった。怪我の治療も必要だし、それにこの町でまだ調べたいこともある。

幸いジェラルドの背中の傷は深くなかった。傷口は大きいが神経にも骨にも届いておらず、化膿にさえ気をつければ命に別状はなさそうだ。

治療を済ませるとジェラルドは隣の部屋で待たせていたルシアのもとへ行った。人払いをし、ふたりだけでテーブルを挟んで向かい合う。

ルシアは観念したのか、今までのことを素直に話した。

結婚前に城の兵士と恋仲だったこと。その兵士と結ばれたくて、輿入れの途中で逃げ出したこと。しかし逃避行は成功したものの彼に愛想を尽かされ、この港町で捨てられてしまったこと。母国にも帰れず途方に暮れていたらサンソーネに声をかけられ、彼の情婦となったこと……。

　話を聞きながら、ジェラルドは何度もため息をつきそうになった。どうやら結婚前に聞いたルシアの恋多き女という噂は本当だったようだ。いくら窮地に陥っていたとはいえ、仮にも王族たる女性がならず者のボスの情婦なんかになって、情けなくないのかと思う。しかも。

「ジェラルド様って素敵な方でしたのね。あのサンソーネをやっつけちゃうし、それになんといってもお顔が凛々しいわ。結婚前に送られてきた肖像画では怒ったフォークみたいなお顔だったのに。これなら素直に嫁入りしてもよかったかも」

　上目づかいで見つめ猫撫で声で話すルシアを見て、ジェラルドはたまらず眉根を寄せた。覚悟していたとはいえ、この女が妻になっていたらと思うとゾッとする。彼女は天性の快楽主義者だ。そこには矜持も倫理もない。

「ねえ、ジェラルド様。私、とっても後悔していますの。自分勝手な男たちに振り回されて苦労してばかり。やはり王族は王族と結婚すべきだと痛感しましたわ。私これからは心を入れ替えます。だから、これからはジェラルド様の妻として一生懸命に尽くしますわ」

「お断りだ」

ジェラルドは間髪容れずに応えた。日頃、カスパルから女性との会話はもっと気を遣えと諌められてきたが、さすがにルシア相手にそれをできる余裕はない。

「馬鹿にするのもいい加減にしてくれ。あなたがしたことは俺とマゼラン帝国に対する国辱だ。よくそれで涼しい顔をして大公妃の座に収まり直そうなどと言えるな」

ルシアは一瞬ムッとした表情を浮かべたが、すぐに笑みを浮かべると艶のある唇を舌なめずりしてテーブルに身を乗り出してきた。大きく開いた胸もとの谷間を見せつけるように。

「そんな酷いことおっしゃらないで。私は男たちに騙されたのです。駆け落ちした兵士だって私に散々甘い言葉を囁いたのに、いきなり心変わりして去ってしまいました。私はただの被害者です。サンソーネだって私が他に行くあてもないのを知って付け込んできたのだわ。もう心も体もクタクタ。ねえジェラルド様、あなたの逞しい体で慰めてくださらない……？」

もしこれが身分も誇りもない男だったら、彼女の誘惑はさぞ魅力的だっただろうと思う。本来なら手の届かない存在の王女が娼婦のように誘ってくるのだ。男として間違った自尊心を満たすには最高の存在だ。

しかし当然、そんなものは皇族であるジェラルドには通用しない。

「ルシア王女。あなたのご尊父とご母堂に心から同情する。王女として生まれた娘が阿婆擦れに育つとはな。……もうあなたと話すことはない」

こらえていたため息を吐き出すと、ジェラルドは席を立ち部屋から出ていった。扉を閉めるときに聞こえた「何よ、唐変木」という声は、聞かなかったことにする。

「少し出かけてくる。彼女を絶対に逃がすな。それから間違っても誘惑に乗らないように」

ジェラルドはドア前の見張りの兵士にそう残して、宿から出ていった。

ルシアはサンソーネの情婦をやっていただけあってこの町の裏事情には相当精通していた。だからまずい情報を漏らされたくなくて、サンソーネもルシアを手放したくなかったのだろう。

ほとんどが違法取引に関する話だったが、ひとつだけジェラルドにとって収穫があった。サンソーネの一味とも違う情報屋がこの町にいるという話だ。

馬に乗りジェラルドは教えられた情報屋の場所に行った。大通りの路地裏にある地下への階段。隠れるように営業している薄暗い酒場の奥の席に、古ぼけたビーバーハットを被った老人がいる。

ジェラルドはまっすぐにその男のもとへ行くと、金貨が大量に入った袋をテーブルの上に置いて言った。

「イスミュール帝国で十七年前に起きた誘拐事件の全貌を詳しく話せ」


十二月三十日。

大舞踏会の前日、マゼラン帝国では初雪が降っていた。

鉛色の空からチラチラと舞い降りてくる雪を、ルイーゼは私室の窓から眺める。寒々しい空の下では、各国から招待された客たちの馬車が列をなしていた。

「大丈夫ですよ、ルシア様」

窓際に三十分も立ち尽くしているルイーゼに声をかけたのは、カスパルだった。

椅子に掛けてあったカシミアのショールを手に取り、カスパルはそれをそっとルイーゼの肩に掛ける。

「もしジェラルド殿下が戻らなければ、明日は僕がそばにお仕えいたします。ご心配なく。こう見えてあなたを引き立てるダンスの腕前くらいはありますから」

「ありがとう、グラーツ卿」

彼の親切に目を細めるも、ルイーゼの胸の内は心配でいっぱいだった。

今月の初めに、突然の外遊に飛び出したジェラルドがまだ戻ってきていないのだ。

側近たちに仕事の手配などは済ませていったものの、詳しい行先も目的もよくわかっていない。ルイーゼには『しばらく出かけるが大舞踏会までには必ず戻る』と言い残していっただけだ。おまけにカスパルにも何も言わず行ったらしく、彼は大変に憤慨している。

もうすぐ正体がバレて大公妃ではいられなくなるというのに、その日までジェラルドのそばにいたかったルイーゼは寂しい気持ちでいっぱいだ。

（このままジェリーが帰ってこなかったらどうしよう。その場で処刑されてしまったら、ジェリーの顔を見られないまま逝くことになってしまう。そんなのはあまりにも悲しいわ）

せめて最期に自分の口から「ごめんなさい」と言いたいと思う。それくらいは叶えてくれたっていいのではないかと、ルイーゼは自分の運命を呪いたくなった。

ため息をついたとき、斜め後ろに立っていたカスパルが「ルシア様」と声をかけてきた。

振り返ると、彼はやけに神妙な顔をしている。

「……僕はルシア様の味方です。たとえ、どんなことがあろうとも」

「えっ……」

胸がドキリとしたのは、彼が真剣な眼差しで言ってきたからではない。まるで、これから何かが起きることを知っているかのような口ぶりだったからだ。

（まさかカスパーは、私が本物のルシアではないと気づいている？）

警戒心が湧いたが、彼の言葉はルイーゼを責めるどころか守ると言っているみたいだった。そして。

「ですから、僕があなたのそばにいることをお許しください」

続けられた台詞に、ルイーゼは困惑する。

カスパルは狩猟祭のあとも変わらず優しく接してくれていて、彼の好意はもう十分に伝わっていた。もちろんルイーゼとしてはその想いに応えるわけにはいかずさりげなく距離を取ってきたつもりだが、彼がそれを察して身を引くようなことはなかった。

それでもいつかは己の立場を理解しあきらめる日が来るだろうと思っていたが……まさかルシアが偽物だと気づき、いつの日か大公妃の座から追われることまで考えていたのだろうか。

(だとしたら、ジェリーも私が偽物だと気づいていた……？)

頭が混乱する。カスパルに気づかれていたのなら、もっと近くにいたジェラルドが気づかないわけがない。もしかしたらジェラルドがなかなか外遊から戻ってこないのは、それになんら関係しているのではないだろうか。

ジェラルドは何を知り、今何を思ってどこにいるのか。もし彼がルシア王女の真実を知ってしまったら、自分の計画は意味がなくなってしまう。彼を傷つけたくなかったのに、どこかで真実を知って苦しんでいたらと思うとルイーゼは心穏やかではいられなかった。

「ジェラルド様……」

思わず彼の名を呟いてしまい、ルイーゼはハッとする。正面に立つカスパルは目を丸くしていた。

気まずい空気が流れたが、カスパルは眉尻を下げてフッと笑みを浮かべた。

「あなたを困らせるようなことを言ってしまいましたね。失礼いたしました。今のは愚かな臣下の独り言と思って聞き流してください」

カスパルが雰囲気を変えてくれたことにホッとする。

彼は「では、僕は用事がありますのでそろそろ失礼いたします」と一礼をして部屋から出ていこうとしたが、それで終わらない。

「最後にもうひとつ独り言を。あなたが救いを求め手を伸ばしたとき、それを摑めるのは僕だけです。皇子であるジェラルドには捨てられないものが多すぎる」

振り向かないまま言って、カスパルは扉を出ていった。ルイーゼの胸が早鐘を打つ。

（カスパーもジェリーも、やっぱり私が偽物だと気づいて……）

自分の知らないところで正体がバレて、しかも彼らは何か話し合ったらしいことにルイーゼは緊張と混乱が止まらない。

（明日……私たちはいったいどうなってしまうの）

自分ひとりが罪を負い、ジェラルドとマゼラン帝国の名誉に傷をつけなければと思っていた。しかしカスパルの口ぶりから、そうは簡単にいかなさそうだ。

それでも時間は容赦なく刻々と流れる。

大舞踏会の開催まであと三十時間。雪はその勢いを増していく。

年を跨いでおこなわれる大舞踏会は、夜九時の鐘を待って開かれる。

マゼラン帝国が誇る舞踏ホールには大小合わせて三十六カ国からの招待客が揃い、その人数はおよそ二百人にも及んだ。

クリスタルが眩いほど輝くシャンデリアの下で、各国の着飾った王侯貴族たちが今か今かと開会を待ち侘び胸を逸らせる頃、帝都にある大教会が夜九時の鐘を空に鳴り響かせた。

それを合図にホールの最奥にある壇上にアドルフ皇帝をはじめとした皇族たちが姿を現す。

ようやくの開幕に客たちは顔を綻ばせたが、皇帝の左隣に本来いるはずのジェラルド皇子がいないことに気づくと、小さなざわつきが起きた。

空席の隣に立つルイーゼは、そのざわつきにさえ怯える。

ジェラルドは結局、帰ってこなかった。

『大舞踏会までには必ず帰る』と言った彼が誓いを破るとは考えられないが、今ここにこうしていないことが現実だ。外遊先で何かあったのではないかと気がかりで仕方ないものの、特に彼から連絡もない。

皇帝らもこんな大事な行事を放ったらかすジェラルドに怒りと不安を覚えたが、遣いの者を出しても彼の行方を追えず、第二皇子欠席という有様になってしまった。

皇帝は開幕の挨拶を朗々と述べ、ジェラルドが重要な外遊でここにいないことを説明して詫びた。そして「各国の栄光を称え、ここにマゼラン帝国大舞踏会の開幕を宣言する」と宣言し、ついに大陸最大の舞踏会の幕が切って落とされた。

オープニングの一曲は各国代表が一組ずつ踊る。マゼラン帝国からは皇太子夫妻が選ばれた。ルイーゼはそれを壇上から見ていたが、華麗なダンスも今や心に響かない。

ジェラルドが帰ってこないかと入口を気にし、ホールに目を向けては（この中にセロニオア王国の国王夫妻はいるのかしら……）と探してしまう。

けれど、ルイーゼはもともとセロニオア国王夫妻の顔を知らないのだ。いるかどうかわかるはずもない。

そのとき、ひと組の夫婦がこちらを見ていることに気づいた。

男性の方は小麦色の浅黒い肌に、立派な髭を蓄えている。女性は白い肌に金色の髪でスラリとした立ち姿が美しい。

ふたりとも王族らしい威厳を感じるが、見たことのない格好をしていた。男性は白い布で包んだような巨大な帽子を被り、毛皮と金糸で彩られた裾の長い服を着ている。女性の方はドレスなのだが大陸のものにくらべ生地が厚く刺繡も繊細で上質なもののように見えた。装飾品も豪華だ。

（……海の向こうから来た方かしら）

以前、図書館の本で読んだことをルイーゼは思いだした。この大陸に様々な文化があり衣装もそれに倣っていると学んだが、実際に見るのは初めてだ。

物珍しさに見入ってしまいそうになったが、彼らがこちらを見て何か話していることに気づきすぐに視線を背けた。

（セロニオア国王夫妻……じゃないわよね。でも、ルシア王女の顔を知っている人の可能性もあるわ）

もう顔を隠しても仕方ないとわかっているが、それでも視線が怖い。ルイーゼはなるべく客たちから顔が見えないよう、扇を広げ俯いた。

一曲目のダンスが終わり、会場は拍手に包まれた。それからも曲は続き、ホールでは華やかにダンスが繰り広げられる。その一方で、各国挨拶を交わし合う時間でもあった。

壇上の玉座に座る皇帝のもとには、続々と客人が集まってきた。同じく壇上にいるルイーゼはそれを見て心臓が壊れそうなほど鼓動を逸らせる。

破滅の時間が、すぐそこまで足音を立ててやってきている。ルイーゼは顔を青ざめさせ、無意識にドレスのスカートを握りしめていた。

「ルシア様。よろしかったら僕がダンスのお相手を」

カスパルが近づいてきて声をかけてくれたが、とてもダンスをしている余裕などない。緊張のあまり今にも嘔吐(おうと)してしまいそうだ。

覚悟は決めてきた。自分なりに準備も万全にしてきた。けれどもやはり処刑が宣告される未来が目の前に来れば足が震える。

せめてジェラルドがここにいてくれたらと、ルイーゼは強く思う。

ジェラルドの顔が最後に見られたのなら、ルイーゼには悪女を演じ彼を守るための勇気が湧いてきただろう。

けれど運命のときは無情にもやってくる。

「セロニオア王国国王ファニート三世と王妃ベレンでございます。お久しゅうございます、皇帝陛下」

確かに耳に届いたその国名に、ルイーゼは雷に打たれたように動けなくなった。全身が固まり、汗が輪郭を滑り落ちていく。

「これはこれは。遠いところをよく来て下さった」

「マゼラン帝国の輝かしいご繁栄に敬意を表します。偉大なるホーレルバッハ家と家族になれたことは、私どもにとって何よりの幸運です」

「こちらこそ。貴国の王女は素晴らしく聡明で美しく、我が息子ジェラルドに多大なる幸福を与えてくれた。心より感謝したい」

「聡明……でございますか？」

アドルフ皇帝が微笑んでルイーゼに目を向けると、不思議そうな顔をしたセロニオア国王夫妻がその視線の先を追った。そして数秒ののち、国王夫妻は怪訝そうに眉根を寄せる。

「……その女性はいったい誰……ですかな？」

ルイーゼの心臓が限界まで高鳴った。

そばにいたカスパルが緊張した面持ちで、ルイーゼを守るように肩を抱こうとする。

──そのときだった。

舞踏会場の扉が大きく音を立てて開かれた。観客たちは入ってきた人物に一斉に注目し、その異常さに戸惑いの声を漏らす。

「ジェ、ジェラルド⁉」

「ジェラルド様……！」

踊る人々を気にも留めずホールの中央を大股で歩いてくる人物はジェラルドだった。

しかし舞踏会には相応しくないほど髪は乱れ、汗をかき、着ている外套にはなんと血の跡がついている。

そして何より人々が驚いたのは、彼が女性の手を掴み引きずるように連れていることだ。場違いな娼婦風ドレスを着た女性は屈辱的な表情をしており、なるべく足を踏ん張って抵抗しては強引に引きずられている。まるで罪人の連行だ。

あまりの異常な雰囲気に、楽団は楽器を奏でるのをやめてしまった。ホールの客人たちは何事かとざわついていたが、ジェラルドが檀上の前で足を止めたのを見て固唾を呑んで静まり返った。

「ジェラルド！　我が国の最大行事だというのにお前はどこで何をしていたんだ！　しかもそんな薄汚れた格好で、娼婦など連れて！　いったい何を考えているんだ！」

息子のあまりに無礼な行いに、アドルフ皇帝は憤慨し大声をあげた。しかし目の前にいたセロニオア国王夫妻が、ジェラルドの連れた女性を見て「ル、ルシア！」と叫んだのを見て、「へ？」と目を丸くする。

「父上。大舞踏会の開幕に遅れたことをここにお詫びいたします」

そう言って一礼すると、ジェラルドは摑んでいたルシアの手を放しアドルフたちの前に押しやった。

「紹介いたしましょう。彼女はセロニオア王国第一王女・ルシア——輿入れの途中で他の男と駆け落ち逃亡した、俺の妻になるはずだった女性です」

場は一瞬水を打ったように静まり返り、それから驚きの声が会場中から湧き上がった。

「な、な、何を言っているんだ⁉　いったいどういうことなのだ！」

「ルシア！　お前、まさか、まさか……！」

「ああ、嘘よね？　ルシア？　あなたはマゼラン帝国に嫁入りしてしっかりやってるって、何度も手紙をよこしたじゃない」

アドルフも国王夫妻も完全に混乱している。他の皇族や客たちもどうしていいのかわからずオロオロするばかりで、ルイーゼに至ってはただただ驚きで立ち尽くしていた。

（ほ……本物のルシア王女……。じゃあジェリーはこの一ヶ月、ルシア王女を捜しに行っていたの？）

ルシアは気まずそうに顔を伏せていたが、ジェラルドから「おい。すべて話さなければあなたがサンソーネの情婦だったことを両親に言うぞ。裏社会の情婦だったことが知られればいくら王女とはいえ牢屋（ろうや）入りは免れられないからな」と耳打ちされると、口もとを引きつらせながら面を上げた。

「わ、私は……、輿入れの道中で近衛兵の男と駆け落ちしました。だってそのときは彼と愛し合っていたんですもの。でも……ふたりで大陸を出ようとタリアラの港町まで行ったのに、彼は私を置いて逃げてしまって……。町で途方に暮れて困っていたところを、ジェラルド様に救っていただいたのです。も、申し訳ございません」

会場にいた誰もが啞然とした。ルシア王女の醜聞は有名だが、まさか輿入れ途中で他の男と逃亡するなど奇行もいいところだ。しかも男に捨てられ、おめおめとジェラルドに助けられて戻ってきたのだから生き恥ものである。

娘のあまりの失態に、セロニオアの王妃はついに失神してしまった。慌てて衛兵たちに担架で運ばれていく。国王も真っ青な顔をしていて今にも倒れそうだ。

「本当なのか、ジェラルド」

アドルフは怒りに眉を吊り上げながら低い声で聞いた。国と息子を愚弄されたのだ、国家元首として許せるわけがない。

しかしジェラルドは対照的に冷静だった。会場の者すべてに聞こえるように、「真実です」と朗々とした声で話す。

「俺は結婚後しばらくしてから妻に違和感を覚えるようになりました。あまりにも前評判と違い、慎ましく勤勉で国民思いであること。そのわりに、王侯貴族の慣例に染まっていないこと。日々大きくなっていく疑問を解き明かそうと、俺はずっと極秘に調査をしていました。そしてルシア王女の真実に辿り着いたのです。この一ヶ月は彼女の身柄を確保するために奔走しておりました」

再び会場にざわめきが起きる。しかし今度注目されているのは、ルシアではなくルイーゼだ。「ルシア王女が逃げ出していたのなら、あの女は誰なんだ?」という疑問が誰の頭をも埋めている。

ジェラルドは淡々と続ける。

「ルシア王女が逃げ出し、焦った随行人のアラゴン宰相はひとまず身代わりを立てることにしました。それが……ここにいる〝ルイーゼ〟です」

本当の名を呼ばれたことで、ルイーゼは大きな衝撃を受けた。

(気づいていたの……? 私がルイーゼだって!)

いったいいつから知っていたのか。記憶を辿るたびにルイーゼは胸が痺れるほど熱くなる。ジェラルドがどんどん優しくなり、『ルー』と呼んで何度も愛を囁いていた頃、彼は本当のことを知っていたのだ。そのうえで熱烈に愛してくれていた。

ルイーゼの瞳から大粒の涙が零れる。喜んでいいのだろうか、まだわからない。彼がルイーゼを愛してくれていたことと、欺かれ続けていた怒りはきっと別だ。償いが済むまで単純に喜んではいけない。

「ルイーゼは偶々近くの屋敷で働いていた下女でした。背格好が似ているという理由で、宰相アラゴンが無理やり彼女を身代わりに仕立てて連れてきたのです。ただの下女である彼女に、一国の宰相に逆らう術はありません。しかも彼女は迂闊なことを喋らないようにと、喉を潰された。宮廷の者たちならば覚えているでしょう、入宮したばかりの頃の彼女の怯えた様子を。ルイーゼは何もわからないまま無理やりルシア王女の身代わりにさせられた、罪なき者なのです」

ジェラルドの話を聞いて、会場にいる者たちはそれぞれの感情を浮かべた。確かにルイーゼには罪はないと憐れむ者もいるが、多くは下女の分際で大公妃の真似をするなんて無礼にも程があると貶す者や、下女を大公妃にして気づかぬとはマゼラン皇室はどうかしていると嘲笑う者ばかりだ。

ジェラルドが庇ってくれているのはわかるが、ルイーゼはいたたまれなくなる。彼とマゼラン帝国の名誉を貶めることは一番避けたかったことだ。申し訳なさに唇を噛みしめる。

「……確かにその女が主体的におこなったことではない。だが真実を打ち明ける機会は何度もあったはずだ。それをせず大公妃の座に居座り続けたことは大罪であり、ましてや下女という身分だとは嘆かわしいにも程がある。皇室侮辱罪は避けられぬ」

アドルフは思慮深く言葉を吐き出す。その判断に会場の者の多くが頷いた。

「父上のおっしゃる通りです。打ち明ける機会はあった。しかしそれは彼女の死と同義でもあります。ルイーゼが偽物の王女だとわかれば今のようにどんな事情があろうと刑が下される。この会場にいるすべての者に問いたい。わけもわからぬまま知らない場所に連れてこられ、己を処刑してくださいと乞える者がいますか？　いないのならば、彼女が真実を打ち明けられなかった心を責めるべきではない」

ジェラルドの反論に、会場の雰囲気が変わった。ルイーゼに対して厳しい声をあげていた者も口をモゴモゴと噤ませる。

「それにルイーゼは何もせずこの状況に身を任せていただけではない。我が国の者ならば皆知っているだろう、彼女がどれほど聡明で有能な大公妃だったかを。王女教育を受けたこともない彼女がこの数ヶ月でここまで素晴らしい大公妃になれたのは、すべて努力の賜物だ。ルイーゼは偽物なりにマゼラン帝国にとって恥じぬ存在になろうと必死で努力したのだ」

マゼラン宮廷の者ならばルイーゼの努力も変貌もよく知っている。ましてや『前評判と違い素晴らしい方だ』と噂になるほど褒めそやしたのだ。今さらそれを無視してルイーゼを貶めるのはあまりに手のひら返しがすぎて、誰もがこれ以上彼女を責められなくなった。

ただし、アドルフ皇帝を除いては。

「ジェラルド、お前の言いたいことはわかった。だが罪は罪だ。庶民が皇族を欺くことはこの国では許されない。これは皇室の誇りの問題だ。どれほど完璧に大公妃を演じようが庶民は庶民。ましてや下女が皇室の座に就いてしまったこと自体が罪なのだ。……悪く思うな」

マゼラン帝国は歴史ある大帝国だ。だからこそ皇室は気高く敬われる存在でなくてはならない。そこにどんな理由があって非がなかろうと、下賤（げせん）な血が加わることは許されない。

皇帝の言葉は絶対で、ルイーゼの顔にもあきらめの表情が浮かんだ。

（血筋と身分だけはどうにもならないものね）

悲しく微笑んだ。悔しさや未練はない。ここまでジェラルドが必死に擁護してくれたことだけで十分だ。

けれど、これ以上彼の手を煩わせてはいけない。庶民の肩を持ちすぎることはジェラルドの品格を落とすことになりかねないのだから。

「ジェラルド様……」

ルイーゼが己の罪を認めようと、口を開きかけたときだった。

「では――ルイーゼが庶民ではないとしたら？」

口角をニッと上げて、ジェラルドははっきりとした口調で言った。

「なんだと？」

思いもしなかった反論にアドルフは目をしばたたかせる。

ジェラルドはルイーゼのもとまで行き肩を抱くと、会場の一点に目を留めた。

「十七年前にイスミュール帝国で起きた皇女誘拐事件。国を挙げ大捜索がおこなわれたがついに犯人は見つからず、皇女は今も行方不明のまま。シュルーク・アール・エリヤース。それが行方不明の皇女の名であり――ルイーゼの本当の名です」

会場からは大きなどよめきが起きた。

客たちの視線がふたつにわかれる。ひとつは壇上のルイーゼに、そしてもうひとつは会場にいるイスミュール皇帝夫妻に注がれていた。

ルイーゼは驚きで声も出せないままジェラルドの視線の先を追った。そこにいたのは、先ほど気になった異文化風の衣装を着ていた夫妻だ。

雷に打たれたような衝撃がルイーゼに走る。イスミュールの皇帝夫妻も、驚愕（きょうがく）の表情を浮かべたままルイーゼを見つめていた。

誰もがにわかには信じられなかった。ルイーゼ本人だってそうだ。記憶ある限りずっと下女だったのだから。……しかしそれは、〝下女以前の記憶がない〟という事実でもある。

「証拠をお見せします」

アドルフや客たちの懐疑的な声の中、ジェラルドはイスミュールの皇帝夫妻を檀上まで呼んだ。そして侍従にホールの明かりをすべて消すように命じる。

ルイーゼには彼が何をするかわかった。世界でひとつだけ、この命が世界にたったひとりである証。

真っ暗になったホールで、ジェラルドが明かりを灯す。特殊なガラスでできたランプは白い光で淡く周囲を照らした。

ルイーゼは瞼を閉じ、ゆっくりと開ける。大きな琥珀色の瞳に、青いきらめきが浮かんだ。

「ああ……ああ‼　シュルーク！　シュルークなの⁉」

ブルブルと震えながらイスミュールの皇后が叫んだ。その目からは涙が滝のように溢れている。

「間違いない……！　シュルークだ、私たちの娘シュルークだ！　ああ、神よ！」

ルイーゼの瞳を覗き込んでいたイスミュール皇帝はその場に泣き崩れ神に祈りを捧げた。

皇后はルイーゼを硬く抱きしめ「シュルーク、シュルーク……」と名を呼び続けている。

周囲の者は何が起きているのかわからず、アドルフが「これはいったいどういうことだ？」と立ち上がって尋ねる。「彼女の瞳を見てください」とジェラルドが言うと、アドルフはルイーゼの瞳を見て「これは……なんと珍しい……」と唸った。

ホールの明かりを灯し直させてから、ジェラルドは説明する。

「彼女の瞳は実に珍しいものです。両親の瞳の色が違うと子供の瞳の色が混ざりきらない場合が極々稀にあるのですが、シュルーク皇女のはさらに特殊だった。普段は父譲りの琥珀色をしているのに、淡い白色の光があたったときだけ母譲りの青色が部分的に浮かび上がる特徴を持つ。まるで奇跡の宝石のように美しいその瞳は、この世界で彼女だけが持つと言っても過言ではないでしょう」

さっきと違い明るいシャンデリアの下で見たルイーゼの瞳はただの琥珀色になっていて、アドルフは心底感心したように目を丸くしていた。

「間違いありません。私たちは十七年間シュルークを捜し続けましたが、この不思議な瞳を持つ者は我が娘以外に一切おりませんでした。これは神様がこの子だけに与えた証です」

涙をハンカチで拭いながらイスミュール皇后が言う。誰もが瞳のことに気を取られていたが、ルイーゼとイスミュール皇后は並ぶとよく似ていた。黒髪と瞳の琥珀色は父譲りだが、目鼻立ちの造形は母譲りだ。

もはやルイーゼの出生が証明されたも同然だったが、当の本人だけがまだ信じられないという表情を浮かべていた。

「あ、あの……。私は物心ついたときから両親がいませんでした。誰かが私を捜していたというのも聞いたことがありません。だから、いきなり皇女と言われてもよくわからなくて……」

戸惑いながらそう口にしたルイーゼに、イスミュール皇帝が優しく肩を叩いた。そして
「舞踏会を中断させてしまって申し訳ない。しかしあなたの国の大公妃であり私たちの娘のことだ。少し昔のことを語らせていただいてもよろしいかな」とアドルフに尋ねた。

「もちろん構いません。真相は今ここですべて明らかにされるべきだ」

承諾を取ったイスミュール皇帝はルイーゼと会場の者に聞かせるように明朗な声で話し始める。十七年前にあった悲劇の誘拐事件のことを。

＊　＊　＊

イスミュール帝国は大陸の遥か南にある。

大きな内海を挟んだそこはマゼラン帝国やセロニオア王国とは異なる文化圏で、内海よ

り北の国とは当時ほとんど交流がなかった。

歴史が古くかつては大陸でもっとも栄えていたこともあるイスミュール帝国は非常に裕福な国で、特に金や宝石の原石が採れる鉱山を多く有していた。

シュルークはそんなイスミュール帝国の第一皇女として生まれた。愛らしい皇女は両親からも国民からも祝福され、幸福な人生を約束された存在のはずだった。

しかし、彼女が生まれてから約一年後。導師からの洗礼を受けるため寺院に行く途中で起きた事件が、彼女の運命を変えてしまう。

シュルークを乗せた馬車が山賊に襲われたのだ。

山賊の目的は金と宝石で飾られた皇室馬車の財宝だった。馬車には当然護衛がついていたが、山賊は数が多く場は混乱した。

数多（あまた）の犠牲者が出た。馬車の装飾も積んでいた宝も多くが奪われ、皇帝と皇后でさえ怪我を負った。シュルークは皇室の習わしで両親とは別の馬車に乗っており、同乗していた乳母は死んでいた。そしてシュルークの姿は――消えていた。

皇帝と皇后は半狂乱になってシュルークを捜させた。命より大切な娘が悪漢の手で連れ去られてしまったのだ、平静でなどいられない。

国中に御触れを出し、見つけた者には多額の謝礼金を出すと宣言したことで、国民たちは躍起になって皇女を捜した。

シュルークはかなり特徴的な瞳を持っている。見つけるのはそう難しいことではないように思えた。

しかしそんな皇室と国民の期待を裏切り、一年が経っても皇女の行方は摑めなかった。周辺国にも御触れを出し捜索を広めたが同じだった。大勢の賊やならず者たちが捕まったが、シュルークの事件に関わっている者はひとりもいなかった。

そうして歳月はあっという間に流れ捜索はだんだんと縮小していき、やがてささやかな情報すらも届かなくなって……十七年の時が経った。

＊＊＊

「ここに、タリアラの港の十七年前の入出港記録がある。誘拐事件のあった三日後に大きな嵐があって何隻もの船が難破し、国籍も身元もわからない者が一時期数多く流入している。それに目をつけた人買いが混乱した現場から子供を何十人も攫っていったとの目撃情報が多数あった」

ジェラルドが懐から出したのは、古びた数枚の書類だった。愕然とした様子でイスミュールの皇帝はそれを手に取り、「まさか」と呟いた。

「……私の一番古い記憶は同い年くらいの子供たちと一緒に、暗く狭い場所で暮らしていたことでした。それからしばらくして馬車で知らない町へ連れていかれ、下女として働くようになりました」

霞がかった記憶を辿るようにルイーゼが語る。

イスミュール皇帝の話と、ジェラルドの調査した内容と、ルイーゼの記憶が一致し、十七年間の謎だったシュルーク皇女の足取りが判明した。

シュルーク皇女誘拐の解決が難航したのは、誘拐した者が予定外の嵐に遭い思いのほか遠い国へ辿り着いてしまったからだ。当時、内海より北側の国と交流を持っていなかったイスミュール帝国は、まさか皇女が海を越えさらに北の国にいるなどと思いもしなかった。しかもその後は誘拐と無関係な人買いの手に渡ってしまったのだから、足取りの摑みようもない。

そしてもうひとつ誤算だったことは、シュルーク皇女の瞳を月下で見る者がいなかったことだ。

買い手がつくまではほとんど暗い小屋の中で過ごし、買われてからも勝手に夜の外に出る機会などルイーゼにはなかった。それに自分の目の変化に気づいてからは、不気味に思われることを危惧し、前髪を伸ばして周囲からなるべく隠すようにした。唯一の手掛かりを彼女自身で隠してしまっていたのだ。

「あああ！　可哀想なシュルーク！　そんなにつらい暮らしを十七年もさせてしまって、お前を見つけてあげられなかった私たちをどうか許しておくれ！」

娘が人買いに捕まり下女として売られてきた人生を思って、イスミュールの皇帝と皇后は盛大に嘆いた。ふたりに涙ながらに抱きしめられて、ルイーゼも目に熱いものが込み上げてくる。

「では本当に……本当に私のお父様とお母様なのですか……？　私にも愛してくれる家族がいたのですか……？」

「もちろんだ。お前が生まれた満月の夜、奇跡のように美しい瞳を見たときの感動は今も忘れてなどいない。私たちはお前を心から愛していた。いや、今も愛している。ああ、シュルーク。もう離さない。お前は私たちの最愛の娘だ」

ようやくルイーゼの心に真実が染み込んでいく。

ずっと孤独だと思っていた。自分は悪い子だから神様に見放され、家族も幸福も与えられなかったのだと考えたこともあった。何度も枕を濡らした夜があった。

どんなに望んでも手に入らないと思っていた存在が、今、自分を抱きしめてくれている。

ルイーゼは生まれて初めて両親の愛というものを知り、大粒の涙を流した。孤独で乾いていた心が潤っていく。まるで砂漠に慈雨が満ちていくように。

「お父様、お母様……」

長い年月を経た親子の再会を、会場中の人々が感動に胸を震わせ見ていた。舞踏会はすっかり中断してしまったけれど文句を言う者はひとりもいない。

ようやく本来受けるべき愛を享受し本当の名を取り戻したルイーゼを見て、ジェラルドは満足そうに目を細める。

彼がイスミュールの皇女のことを知ったのは偶然だった。ルシア王女を捜していた捜査員がタリアラで得た情報を持ってきたとき、シュルーク皇女の名がそこにあったのだ。異国の船乗りに聞き込みをしたとき、『黒髪の王女を捜してる？　イスミュールのシュルーク皇女のことかい？　随分古い話だなあ』と言われたらしい。

単なる王女違いだと思ったが、妙に引っかかるものがあってジェラルドは少し調べることにした。

シュルーク皇女の情報は簡単には集まらなかった。何せ古い事件だし、内海を挟んだ遠い国のことだ。マゼラン帝国内にある記録にはまず載っておらず、タリアラで南から来た船乗りに話を聞くことでしか情報を得られない。

それでもイスミュール帝国とその周辺国にとっては大事件だったようで、船乗りたちは古い記憶を辿りながらも話してくれた。『今からえーと……十七年前のことだったよ』『一歳になったばかりの皇女が攫われちまって大騒ぎだったんだ』『御触れの人相書きには黒い髪だと書いてあった。そうそう、なんでも変わった目をしてるのが特徴だって大きく書いてあったなあ』と。

その報告を受けてジェラルドは全身が総毛立つのを感じた。『孤児なの。物心ついたときから下女として働いていたわ』と言った幼い頃のルイーゼの姿が甦る。

もしこの点と点が繋がれば、ルイーゼはルシアの偽物であることがバレても無罪にできるかもしれない。いや、それどころか大公妃の座を降りずに済むだろう。

思わぬ形で現れたルイーゼの真実に一縷（いちる）の望みをかけて、ジェラルドはその日からルシア王女の捜索と併せて徹底的にシュルーク皇女誘拐事件のことを調べ上げた。

イスミュールで誘拐された皇女が何故大陸の北方で下女などにさせられていたのか、肝心のその部分が結びつかずジェラルドを悩ませたが、最後の最後に自らの足で赴いたタリアラで真実を摑んだ。

おそらく誘拐犯は皇女を人質に皇室から金を奪う予定だったのだろう。皇室の大規模な捜索の手から逃れるべく川を上り、少し離れた場所を拠点にするつもりだったに違いない。しかし予想外の暴風雨は船を内海まで押し流し、さらには誘拐犯もろとも海の藻屑にした。幼いシュルークが生きてタリアラに流れ着いたのは奇跡か、或いは子供の命だけは身を挺して守ってやろうとした心優しい者が誘拐犯の中にもいたのかもしれない。

しかしせっかく助かった命は無情にも人買いの手に拾われる。瀕死の幼児が大国の皇女などと知らない人買いは彼女を他の子供と同じように粗雑に扱い、労働力になる年齢になると異国の金持ちに売ったのだった。

タリアラの情報屋から買った情報からは、シュルークのそんな足取りがはっきりと見えた。点と点が繋がったことに感激したジェラルドに、情報屋は『高い金出してくれたんだからサービスだ。これもやるよ』と一枚の古ぼけた紙をくれた。それは、十七年前にイスミュール帝国が作ったシュルーク皇女捜索の御触れ書だった。

そこに書いてあった一文に、ジェラルドは運命の勝利の確信を持つ。

――シュルーク皇女の瞳は摩訶不思議で宝石のよう。昼は琥珀色の大地、月夜は青い海が浮かび上がる――

やはりルイーゼは神様の宝物だとジェラルドは思う。

それは瞳のことだけではない。大きすぎる困難を乗り越え、それでも曇ることも欠けることもなかった彼女の魂は崇高で美しい。自分が心酔するのはもちろん、カスパルが心惹かれずにいられなかったのも、宮廷中の人間が褒めそやし称えていたのも理解できる。

そんな気高く尊いルイーゼを……いや、シュルークを、一生自分の手で守り抜き愛し続けようとジェラルドは改めて思った。


「これでもまだ、彼女に罪がありますか？」

口角を持ち上げて笑みを浮かべるジェラルドに、アドルフ皇帝は深くため息を吐き出すと首を横に振った。

さすがに悪意のない皇女を処刑するわけにはいかない。しかも彼女はとことん運命に振り回され苦労をしたあげく、今ようやく本物の両親と再会したのだ。ここで牢になどぶち込んだなら、イスミュール帝国はもちろんマゼラン宮廷内からもここにいる客人からも非難の声が囂々と上がるだろう。それはあまりにも愚策だ。

「……シュルーク皇女はすべてにおいて被害者だ。なんの罪もない。そして気高き血であることも証明された。マゼラン帝国がシュルーク皇女を責める謂れは何もない」

アドルフのその言葉を聞いて、シュルークの顔が安堵に綻んだ。ジェラルドとマゼラン帝国を欺き続けていると感じていた重い重い心の枷が、音を立てて外れた気がした。

「ああ、ジェラルド様。本当に……本当にありがとうございます。あなたのおかげで私は本物の両親も自分のことも知ることができました。こんな幸せがあるなんて夢みたい……」

すっかり泣き濡れてグズグズになったシュルークの顔を、ジェラルドは優しく両手で包んで微笑む。

「馬鹿だな、ルーは。言っただろう、あなたはこれからうんと幸せになると。ルーは世界一、幸せになる女の子なんだ」

それは十年前にジェラルドがくれた言葉。あのときはその言葉だけで胸が震えるほど嬉しかった。そして今、彼の言ったとおりになった未来にシュルークは幸福で涙を溢れさせる。

下女だった頃、どんなに虐められても出てこなかった涙が今は次から次に溢れて止められない。シュルークは自分がこんなに泣き虫だったのかと驚いた。

「それに、幸福はまだまだ続く」

そう言ってジェラルドはシュルークの涙を優しく指で拭うと肩を抱き寄せて、マゼラン皇帝とイスミュール皇帝に向かって言った。

「このままシュルーク皇女と婚姻を続けることをお許しいただきたい。俺たちは神の前で夫婦になることを誓いました。始まりは誤っていたとはいえ、今では俺たちの心は固く結ばれています。神の教えに背いて我々を引き離す道理がどこにあるでしょう」

これには両皇帝とも驚いたが、非難の色は浮かべなかった。

異文化圏で今までは互いに交流も少なかったとはいえ、どちらも大国だ。イスミュール帝国は南方に広い領土を持ち富に恵まれている。マゼラン帝国は北と西を実質的に支配している大陸の重鎮国であり、最強の軍事国だ。もし両国が結ばれれば、どちらにも大きな利益をもたらすことは想像に易かった。

宗教や文化によるしきたりなどこまごまとした問題があるので即答はできないが、両皇帝ともジェラルドの提案に前向きであることは明らかだった。

「詳しいことは後ほどゆっくり話し合おう。正式に婚姻が決まるまで、ふたりは今まで通り夫婦生活を続けるとよい。それでいかがですかな？」

「私も賛成です。結婚は何よりふたりの愛が大事であると、我が国の神も説いております。それになんといっても、ジェラルド殿下は私たち親子の救世主だ。あなたのような勇敢で賢明な方に娘を嫁がせられるならば、これ以上に素晴らしいことはございません」

両皇帝の言葉を聞いて、ジェラルドとシュルークは顔を合わせて微笑んだ。

「嬉しい……。これからもジェラルド様と一緒にいられるなんて」

今日はまるで人生の幸福がすべて降り注いでいるみたいだ。シュルークは胸がいっぱいでこの感激をどうすればいいかわからず、「ありがとうございます、ジェラルド様。ありがとうございます」と繰り返した。

「礼などいい。俺はあなたに返しきれないほどの恩がある。あなたに助けられたあの日から、俺は絶対にあなたを守り幸福にすると誓ったんだ。……結果的に自分も幸福になってしまったけどな」

照れくさそうに笑ったジェラルドを見て、シュルークも頬を染めて小さく笑った。

会場にいた誰もが温かなふたりの姿に目を細めていたが、顔を青ざめさせたまま震え続けている者がいた。

「あの……それでは、我が国との婚姻は……」

セロニオア王国の国王が縋るような眼差しで尋ねる。

アドルフは冷ややかな目でチラリと見やると、呆れた声を出した。

「貴殿は至急国に帰られた方がよい。貴殿の国の王女と宰相が我が国に対しておこなった行為は簡単に償えるものではないはずだ。一刻も早く国に戻り、国庫と領土を差し出すか、この大陸最強の軍事国マゼラン帝国と戦争をするか、早急に話し合う必要があるだろう」

「ひっ！　は、はい」

ブルブルと震えながらセロニオア国王は逃げるように会場を出ていった。失神から目覚めた王妃は怒りの形相で「この恥晒し！　あんたは修道院行きよ！」とルシアを扇で叩いている。あまりにもいたたまれない光景だった。

原因はルシアとアラゴンにあって国王と王妃はとんだとばっちりだと思うと少し気の毒な気がしたが、国同士の問題なのでどうしようもない。

「心配するな、悪いようにはしないさ。連合国とはせっかく友好条約を結んだんだからな。ただ、ルシア王女はきついお灸（きゅう）を据えられた方がいい。彼女は筋金入りの放蕩者（ほうとうもの）だ」

隣に並んだジェラルドが小声で言ってきた。戦争のような大事にはならなさそうで、シュルークはホッとする。ルシアに対しては同感だ。一番振り回された身としては、彼女が二度と馬鹿な真似をおこさないようにして欲しい。

「それでは御客人、改めて舞踏会を楽しんでくだされ。今日は我が国とイスミュール帝国に素晴らしい奇跡が起きた日だ。大いに楽しんで我が息子ジェラルドとシュルーク妃を祝ってくだされ」

皇帝が声高に言うと、会場は拍手に包まれ楽団が再び音楽を奏で始めた。

場はすぐに盛り上がり、先ほどより温かな雰囲気に包まれている気がする。

「せっかくだ。俺たちも踊ろう」

ジェラルドが少年のように無邪気な笑顔を見せ、シュルークに向かって手を差し出したときだった。

「殿下。その前に服を着替え御髪を整えてきてください。そのようなだらしない格好でシュルーク様をエスコートするつもりですか」

ぴしゃりと諫める声がして、ジェラルドは「だ、だらしないとはなんだ！　タリアラからほとんど寝ずに馬を走らせてきたんだぞ、努力の跡と言え！」と慌てて手櫛で髪を整えた。

「それはそれ。これはこれです。素早い身支度はお得意でしょう？　侍従に風呂を用意させてありますので、どうぞ行ってきてください」

慣れた様子で淡々と諫めるカスパルを見て、シュルークは肩を竦めて笑う。

「ふふっ。ふたりとも子供の頃から変わらないのね」

それを聞いてジェラルドは顔を赤らめると、「すぐに戻る！　三十分……いや、二十分だ！　二十分で戻るから待っててくれ、ルー。絶対に俺以外の者と踊るなよ！」とカスパルをひと睨みしてから、駆け足で会場を出ていった。

まるで少年のままの後ろ姿にシュルークがクスクスと笑っていると、カスパルが音もなく目の前に跪きこうべを垂れた。

「え……？　どうしたの、グラーツ卿。頭を上げてください」

シュルークは慌てたが、カスパルは立ち上がる様子がない。

「今までの幾たびものご無礼を、どうぞお許しください」

「えっ？」

目をパチクリさせていると、カスパルはようやく顔を上げて悲しそうに微笑んだ。

「僕にはあなたからキスをもらう資格などなかった。十年前、僕はあなたを見捨てて逃げた。問題を起こして怒られるのが怖くて、小さな少女が勇気を振り絞っているのに背を向けて逃げたんです。そんな恩と罪がありながら、僕は今日まであなたが〝ルー〟だと気づかなかった。なのに僕は卑しくもあなたに想いを寄せて、主君に背くような態度まで取って……本当にみっともない人間です」

「……カスパー……」

シュルークにはなんと答えていいかわからない。そんなことに罪悪感を覚えて欲しくはないと思ったが、これは彼自身の心の問題なのだろう。

カスパルは立ち上がって、さらに話を続けた。

「僕は宮廷と軍を去ろうと思います。あまりにも未熟な自分を戒め、もう一度ゼロからやり直すつもりです」

「そんな……！」

こんな結末は望んでいない。シュルークは昔のように仲のよいジェラルドとカスパルが好きなのだ。できることならふたりにはずっと兄弟のように仲睦まじくあって欲しい。

しかし彼は半端な覚悟ではないのだろう。アドルフの方に振り返ると、「よろしいでしょうか、陛下」と尋ねた。

アドルフは話を聞いていたようで、しばらく目を伏せたあと静かに頷いた。

「今までジェラルドの片腕となりよくやってくれた。退役軍人として年金支給の資格を与えるよう手続きしよう。そなたの人生に、幸多からんことを」

カスパルは胸に飾っていた高位軍事勲章を外し皇帝に渡すと、深々と一礼をしてから去っていった。

遠ざかっていく背中に、シュルークは慌てて呼びかける。

「カスパー！　あなたは私の永遠のお友達よ！　十年前、一緒にペンダントを捜してくれてありがとう。私、あなたの優しさを忘れないから……！」

カスパルは振り返ることなく行ってしまったので、その言葉が届いたかどうかはわからない。

ただ、笑い合うジェラルドとカスパルの姿がもう見られないのだと思うと、シュルークは胸が締めつけられる思いがした。

大きな出会いと別れがあった日だった。

人生は流れ続け、自分も他人も皆変わり続けていくのだとシュルークは痛感する。

けれど、それでも。

「ルー！　お待たせ、何かあったのか？」

カスパルが去ったのと反対側の廊下から駆けてきたジェラルドを見て、シュルークは胸を高鳴らせながら思った。決して変わらない絆と愛が、ここにあると。

すっかり身支度を整え、綺麗にセットされたジェラルドの髪に触れながらシュルークは微笑んだ。

「あなたは変わらないのね、ジェリー。今も昔もこれからも、ジェリーはたったひとりの私の愛する人よ」

突然愛を告げられ頬を染めたジェラルドが、「ルーだってそうだ。あなたは俺の永遠の宝物だよ」と嬉しそうに抱きしめてくる。

もうすぐ新年の鐘が鳴る。それは、シュルーク大公妃の新たな人生の幕が開ける音でもあった。

エピローグ　素晴らしき運命

うららかな春の日の下で、明るい子供の笑い声が響いている。

マゼラン宮殿の中庭では青々とした芝生の上を小さな子供がふたり、子犬のように走り回っていた。

銀色の髪を持つ男の子と黒色の髪を持つ女の子は夢中で鬼ごっこをしていたが、日傘をさした女性がこちらに向かってくるのを見つけると、満面の笑みを浮かべて駆け寄っていった。

「お母様！　もうお仕事は終わったの？」

「お母様、ご本読んで！　ご本！」

突進してきたかと思ったら、歩けなくなるほど脚に絡みついてきたふたりに、シュルークは眉尻を下げて笑う。

「ええ、もう今日のお仕事は終わりよ。だからふたりにご本を読んであげようと思って持ってきたの。今日は海の向こうの砂漠の国の物語よ、読みたい？」

手にしていた本の表紙を見せると、子供たちは「読みたい！」と声を合わせて頷いた。

「それじゃあ、あそこのトネリコの木陰に行きましょう」

シュルークは侍女に日傘を渡すと、ふたりの子供と手を繋いで木陰へ向かった。

大好きな母親に大好きな本を読んでもらえることが嬉しくてたまらない様子のふたりは、ジェラルドとシュルークの子供だ。双子で、名をトーマスとゾフィーといい、今年で五歳になる。

シュルークが本当の名と身分を取り戻してから、六年の月日が流れていた。


あれからシュルークとジェラルドは正式に婚姻を結び直した。

花嫁が別の女性だったことも、花嫁は変わらないのに婚姻が破棄され別の人物として結び直されることも前代未聞で、ふたりの婚姻は大陸中の大きな話題となった。

こんなことは前例がなく教皇も導師も頭を抱えたが、マゼラン帝国イスミュール帝国の両皇帝から「両国合意のもと愛し合っているのだから問題はない」と説得された上、両国の国民からの熱烈な支持もあって、特例的に婚姻を認めた。

改めて結婚式が開かれ、そのときシュルークはイスミュール文化の華やかな花嫁衣装を着て臨み、その神秘的な美しさにはジェラルドのみならず参列者までも心酔した。

マゼラン帝国とイスミュール帝国というふたつの大きな国が婚姻を結んだことで、数百年ぶりに内海を挟んだ大規模な交易が再開された。

経済効果は素晴らしく、さらには異文化交流にも拍車をかけ、マゼラン帝国ではイスミュール風のドレスが大流行したほどだ。

婚姻に伴い、持参金の一部としてイスミュール帝国は領土の一部をマゼラン帝国へ贈り、ジェラルドが太守となった。位階の増えたジェラルドはますます忙しくなったが、シュルークが彼の公務をサポートしている。

公務でも私生活でも仲睦まじく支え合うふたりの姿は、宮廷内や社交界にも感銘を与えた。シュルークはジェラルドと共に社交界にも顔を出すようになり、やがて侍女たちの協力もあって主催のお茶会やサロンも開けるようになった。聡明な彼女の話は面白いと評判で、婦人たちの間では引っ張りだこの大人気だ。

そんなシュルークも五年前に身ごもり、ふたつの命を産み落とした。

皇室の新たな家族の誕生に国民は大喜びし、ジェラルドは愛らしく健康な息子と娘を生んでくれたシュルークに数えきれないほどの感謝のキスを贈った。

ふたりの子が産まれた翌週、宮殿にはたくさんの祝い品が届いたが、その中に差出人の名前のない贈り物があった。

息子には子供用の模造刀を、娘には絵本が包まれた贈り物にはカードが添えられており、『大公御一家の悠久のご多幸をお祈りいたします。ジェリーとルーの永遠の友より』と書かれていた。それを見たふたりが、差出人が誰かを理解したのは言うまでもない。

「まったく、どこをほっつき歩いてんだか。……元気でやってるならそれでいいんだけどな」

ポツリと呟いたジェラルドの声には、まだ少し寂しさが滲んでいるようだった。

あの舞踏会の日、黙って宮殿を去ってしまったカスパルにジェラルドは随分と憤慨していた。それもそうだろう、生まれてからずっとそばにいて、腹を割って話し合える存在だったのだから。いきなり消えて、裏切られた気持ちになるのも無理はない。

けれどそれ以上にジェラルドは寂しかったのだということは、シュルークにも見ていてわかる。彼は嘆きの言葉を吐き出すことはなかったが、ふとした瞬間に見せる寂寥(せきりょう)が漂う表情には、なんとも言えないものがあった。

それでも、流れる時間は彼を成長させ、新たな関係を受け入れさせた。

カスパルが今どこで何をしているかの便りはないが、こうして時々彼からお祝いや健勝を願うカードが送られてくるたび、ジェラルドは顔を綻ばせるようになった。シュルークにはそれが嬉しかった。

関係が変わったといえば、セロニオア王国との関係もだ。

輿入れ途中で王女が逃亡し、挙句に偽物の花嫁を送り込んだというとんでもない国辱行為を犯したセロニオア王国は、莫大な賠償金をマゼラン帝国に支払うことになった。

その額は国が傾きかねないほどだったが、武力でマゼラン帝国に制圧されなかっただけマシである。

ルシア王女は王妃が言っていた通り、王女としての権利をすべて剝奪され修道院に入れられたらしい。果たしてそれで彼女が己の罪を悔いる日が来るのかは謎だが、風の噂によると三回ほど修道院脱走を試みたということだ。更生はまだまだ遠そうだ。

「トーマス、ゾフィー。本を読んでもらっているのか？　楽しそうだな」

木陰で読書を嗜んでいた三人の頭上から、優しい声が降ってくる。

顔を上げると、爽やかな青空を背景にジェラルドが立っていた。

「お父様！」

「お父様もお仕事終わったの⁉」

双子は顔を輝かせ、ぴょこんと跳ねるように立ち上がる。

ジェラルドは腰を屈めるとふたつの小さな頭を撫でながら、「まだだ。だが、執務室の窓からお前たちの楽しそうな様子が見えてな。少し抜け出してきてしまった」と目尻を下げた。

六年前にシュルークの妊娠が判明してから、ジェラルドはあっという間に子煩悩な父親になった。つわりに悩まされる妻や、生まれたての赤ん坊の抱き方に右往左往したこともあったけれど、彼が子供と接するときは常に笑顔だ。自分と最愛の妻の子供が大切でたまらないという顔をしている。

もちろん子供たちもそんなジェラルドが大好きだ。多忙な彼がこうして予想外の時間に現れてくれたときなど、嬉しくて手足をバタバタ動かすのをやめられないくらいに。

「お父様、剣の稽古をしよう！　僕、昨日よりも強くなったんだよ！」

「トーマスずるい！　お父様、私とダンスのお稽古をして！　私だって昨日より上手になったのよ」

さっきまで本に夢中だったのに、今はジェラルドと一緒に遊ぼうと躍起になっているふたりを見て、シュルークはクスクスと笑う。

「あら、ふたりともご本はもういいの？　お母様ひとりぼっちになってしまったわ、寂しいわあ」

しょんぼりした真似をして肩を落とすと、双子は慌ててシュルークのことを抱きしめた。

「違うの、お母様のこともご本も大好きなの。でも、でも」

「ああ、どうして僕らには体がふたつないんだ！　お父様ともお母様とも遊びたいのに！」

真剣に嘆く子供たちを見て、シュルークとジェラルドはついに声をあげて笑った。あまりにも純粋な子供たちが、可愛くてたまらない。

「じゃあ、こうしよう」と言ってジェラルドはシュルークの隣に腰を下ろすと、それぞれの膝の上にトーマスとゾフィーを乗せた。

「これで四人一緒だ」

寄り添い合う四人の顔には、幸せがいっぱいの笑顔が浮かぶ。

庭には花の香り漂う柔らかな風が吹き、鳶の声が空高く響く。

仲睦まじい大公一家の姿に、そばに仕えていた侍女や侍従も、アーチアーケードを通りかかった廷臣らも、皆温かい気持ちで笑みを浮かべた。

夜の帳が下り、宮殿が静かに寝静まる頃。

大公夫婦の寝室では、ジェラルドとシュルークがベッドに腰掛けて口づけを繰り返していた。

「ようやくルーが俺だけのものになる時間だ。待ち遠しかったぞ」

ジェラルドは独占欲を剝き出しにして、シュルークを抱き寄せながら唇を奪う。

子煩悩な彼ではあるが、子供たちにシュルークを取られっぱなしになるのは少しだけつまらないらしい。父として夫として、もどかしいところである。

そのせいだろうか、シュルークが母になっても彼の夜の情熱は衰えるどころかますます増していた。

「ジェリーったら。まるで大きな子供みたい」

いつものことではあるが、あまりに熱心に求められるものだからシュルークが苦笑しながら言えば、ジェラルドは「失礼な。俺はあなたの夫だぞ」と強く腰を抱き寄せられ、深い口づけをされた。

「ん、んん……っ」

口腔をすべてねぶるような激しいキス。ジェラルドはシュルークの小さい舌を吸い、唾液と共に絡め合った。あまりに激しい口づけに、シュルークの頭がクラクラする。

「っ、は、ぁ……」

ようやく唇を解放されたときには息が切れ、体が疼いて熱くなっていた。

「なあ、ルー。そろそろ……子供を作らないか？」

額をくっつけながら、ジェラルドが言う。シュルークは間近にある彼の緑色の瞳をじっと見つめ返し、口角を上げた。

ふたりはトーマスとゾフィーが生まれたあとから、妊娠を避けるため膣内で射精しないようにしていた。

初子が双子だったせいかシュルークは体調的にとてもきつい妊娠期間を送り、生まれてからもなかなか忙しない日々を送った。

もちろん王族ならば子供の世話は乳母や養育係がやるのが普通なのだが、シュルークもジェラルドも自分たちの子を他の者にまかせっきりにする気にはなれず、公務のとき以外はできるだけ一緒の時間を過ごすようにした。

シュルークとジェラルドにとってはトーマスとゾフィーがすべてで、次の子供を考える余裕がなかったのだけれど……。

「私もそう思っていたところなの。新しい家族をお迎えしましょう」

シュルークはジェラルドを抱きしめて言う。

双子ももう五歳だ。外の世界に興味を持つようになったし、教師など関わる大人も増えてきた。両親と過ごす以外の時間がこれからは大事になってくるだろう。

それにやはり皇室の妃たるもの、子は多い方がいいに決まっている。ジェラルドはそういったプレッシャーをかけてくることは一度もなかったが、シュルークは彼の血筋をもっと残してあげたいと思っていた。

快諾したシュルークに、ジェラルドは満面の笑みを浮かべ抱きしめ返してきた。

「ありがとう、ルー。次は男だろうか、女だろうか。トーマスとゾフィーもきっと喜ぶぞ」

まだ妊娠したわけでもないのに上機嫌なジェラルドがおかしくて、シュルークはクスクスと笑いが止まらない。

するとジェラルドは抱きしめていた腕をほどき顔を近づけると、一瞬真剣な顔をしてから細めた目に蠱惑さを滲ませた。

「けれど何より、俺の情熱をあなたにすべて受けとめてもらえることが嬉しい」

「ジェリー……」

シュルークの胸が切なくときめく。不器用だけれどまっすぐに想いをぶつけてくる彼のことが、今も昔も好きだ。

「抱いて、ジェリー。私、あなたのすべてが欲しい」

同じように思いの丈を返せば、口づけられながらベッドに寝かされた。

ジェラルドは愛おしさに歯止めがかからないとでもいうふうに、シュルークの夜着も下着も手早く脱がせていく。あっという間に一糸纏わぬ姿にされて、なまめかしいラインを描く体がベッドの上に晒された。

子を産んでからシュルークの体はますますなめらかな曲線を描き、豊かだった胸もさらに大きくなった。女性としての色香をふんだんに増した姿は、何度だってジェラルドの情熱を駆り立てる。

「本当に綺麗だ、ルー。俺は世界で一番美しい妻を持った男に違いない」

うっとりと言って、ジェラルドは豊満な膨らみにキスを落とす。

彼の称賛はいつものことだけれど決して上辺だけの言葉ではなく本心なのが伝わるから、何度聞いたってシュルークは嬉しくなるし照れてしまう。

吸いつくような手触りの胸の柔肌を両手で揉み、ジェラルドは薄桃色の乳暈（にゅううん）ごと唇に含んだ。舌で乳頭を転がしながら、強弱をつけて吸い上げる。

「あっ、は……っ」

甘い疼きに身を捩れば、もう片方の胸も弄られた。妻の体を熟知しているジェラルドは、胸の実をどう虐めれば可愛い啼き声を引き出せるのかわかっている。爪で弾いて硬くしたあとキュッと強く摘まみ上げられれば、シュルークは上擦った嬌声を抑えられない。

「ひぁあんっ」

たまらない刺激に、シュルークは腰まで小さく跳ねさせる。下肢の奥が熱く疼きだすのがわかった。

ジェラルドが口を離すと、唾液に濡れた乳頭はすっかり硬くしこって勃ち上がっていた。あまりに淫らなその光景に、ジェラルドがゴクリと喉を鳴らす。

「恥ずかしいわ、あまり見ないで……」

彼の望む通りに反応してしまうこの体が、シュルークは恥ずかしくも嬉しくもあった。はしたないと自分を責める気持ちと、愛する彼の手によって快楽を刻み込まれた嬉しさは、心の奥で絡まり合ってシュルークの体をさらに熱くする。

「悪いが、見ずにはいられない。俺はルーの快楽に素直な体が好きなんだ」

どこか楽しげに答えたジェラルドに、シュルークは「そんな、快楽に素直だなんて」と、赤くなった顔を手で覆った。確かにこの体は素直に反応してしまうが、彼に言われると逃げ出したくなるほど恥ずかしい。

けれどシュルークのそんな態度は、ジェラルドの欲をなおさら煽るだけだった。

「嘘だと思うなら確かめてみるか？」

次の瞬間、シュルークの腿は彼の手によって大きく開かされていた。膝裏に手を差し込まれたせいで腰が軽く浮き、寝室の仄(ほの)かな明るさのランプのもとでも秘所がはっきり見えてしまう。

「あぁっ、嫌……っ」

腿に力を入れて閉じようとしても、ジェラルドの力には敵わない。

彼の視線がそこに注がれていると思っただけで、体の芯が痺れるような気がした。

「ほら、こんなに素直じゃないか。胸を可愛がっただけで露が溢れている」

「あぁ……」

濡れていることは自分でもわかっていた。けれど指摘されるとますます羞恥が募り、それが新たな熱になって下腹の奥を疼かせた。

「それに、俺は知ってるぞ。ルーは恥ずかしがりやだが、恥ずかしいことをされると体は悦ぶんだ。今も俺にここをじっくりと観察されて、孔が露を零しながらひくついているな」

「もうそれ以上は言わないで……！」

あまりの恥ずかしさにシュルークはついに涙目になった。それを見てジェラルドは「本当にあなたは可愛い」と感嘆の声を零すと、目の前の媚肉にむしゃぶりついた。

「や、ぁあんっ！」

疼きを持て余した秘所に、いきなりのなまめかしい快感が襲う。

敏感になった花弁を吸われ、潤んだ蜜口に舌を差し込まれたとき、シュルークの体は小さな絶頂を迎えた。ピクン、ピクンと、珊瑚色（さんごいろ）に充血した媚肉が震える。

「あ、ひ……っ、待って、あぁっ」

しかしジェラルドは愛撫をやめなかった。達したばかりで過敏になっている秘所を執拗に攻める。

収斂している孔の入口を舌で擦り、たっぷり蜜を纏ったその舌で今度は陰芽をねぶる。舌先を尖らせて小刻みに舐められると、体がジンジンと痺れて肌が粟立った。

「あ、あぁっ、ああー……っ」

シュルークの手がギュッとシーツを掴む。露が溢れて止まらない。孔から零れた雫がお尻の方まで伝っていくのを感じた。

「やっ、いや……っ、もう……」

小さな絶頂がずっと続くような愉悦に体が限界を迎える。これ以上続けられたら頭がおかしくなりそうだった。

「『もう……』なんだ？　やめた方がいいのか？」

ジェラルドが口を離して尋ねた。やめて欲しいのではない、限界まで飢えて疼いている体の奥を満たして欲しいのだ。けれどそんなはしたない欲望は口に出すのをためらう。

「言ってくれないのか？　どうして欲しいのか、俺はお前のその可愛い声で聞きたい」

緑色の瞳が訴えるように見つめてくる。その眼差しの熱さに心が焼かれるようだ。

「……もう我慢できないの。挿れて。ジェリーのを、ここに」

熱に浮かされるように朦朧としながら、シュルークは甘えた声で言った。羞恥よりも彼にもっと愛されたいという欲が頭の中を染める。

「ああ、なんて可愛いおねだりだ。十回でも百回でも気持ちよくしてやりたくなる」

ジェラルドは着ていたものを脱ぎ捨てると、いきり立った雄の先端をシュルークの秘裂に押しあて、腰を突き動かした。

「ぃあぁぁっ！」

太い竿で一気に肉洞を押し広げられ、シュルークの全身が快感にわななく。最奥から入口まで激しく擦られると中の感じる部分がすべて刺激されて、あまりの悦楽にシュルークの秘所は小水のように潮を吹き出した。

「ひ、ぃ……っ、あぁ……」

それでもジェラルドは抽挿を止めない。蜜道の浅いところを小刻みに突いたり、最奥に竿の先端をぐりぐり押し付けたりと、シュルークの中をたっぷりと味わう。

「やっぱりルーの体は正直だ。俺の雄が大好きだとばかりに、熱くてぎゅうぎゅう締めつけてくる。まるで体の中で抱きしめられているみたいだ」

ジェラルドは目を細めると、「礼に俺も抱きしめ返してやろう」と上半身を屈めてシュルークの頭を抱きしめた。乱れた吐息と共に唇を重ね、舌をねぶるのを繰り返す。

「ふぁ、あ……ん、ジェリー……」

快感に溺れすぎたシュルークは全身がドロドロだ。顔は涙と唾液にまみれ、胸では汗が玉の粒になって躍り、下肢の奥からは露が滴っている。品も理性もないこんな姿をシュルークは恥じるが、ジェラルドは軽蔑するどころか瞳にますます情熱の色を濃くしていく。

「愛している、ルー。あなたが愛しすぎて頭がおかしくなりそうだ。永遠にこうしてあなたを抱いていたい」

「あぁっ……あっ、ジェリー……」

自分も同じ気持ちだと伝えたかったけれど、もうその言葉を考えることができなかった。頭の中は真っ白になって、押し寄せてくる快楽の波に耐えることしかできない。

ジェラルドが硬く抱きしめながら、もう一度「愛している、ルー……」と呻くように囁いたときだった。彼の想いと同じくらい熱い奔流がシュルークの体の奥に打ちつけられた。滾った雄で隙間なく埋められた隘路に、たっぷりとした量の白濁液が注がれていく。その感触にシュルークはゾクゾクと背を震わせながら、大きな絶頂を迎えた。

体力の尽きたシュルークがそのまま眠りに落ちてしまい次に目を覚ましたとき、ベッド

は広々としていて、いるべき姿がそこになかった。

「……ジェリー?」

寝ぼけまなこを擦りながら、シュルークが身を起こす。何も身につけていなかったが体は綺麗になっていた。ジェラルドが拭いてくれたのだろう。

サイドテーブルに置かれていたガウンを羽織りベッドから降りると、バルコニーに繋がる窓辺のカーテンが揺れていることに気づいた。

「ジェリー?」

案の定、彼はバルコニーにいた。大理石の手すりに頬杖をつき、夜空を見上げている。

「ああ、起こしてしまったか? すまない」

振り返ったジェラルドにシュルークは微笑んで首を横に振り、彼の隣に立った。

「どうしたの、まだ夜明け前よ」

「目が覚めたら、なんだか月が見たくなって。けど、少し遅かった。山の向こうに隠れてしまったよ」

少し残念そうにジェラルドが笑う。シュルークもつられて眉尻を下げたとき、遠くの空が微かに白み始めた。

「……夜明けだ」

濃紺色の空に光の筋が走る。

結婚してから六年以上が経つが、シュルークはこの国で日の出を見るのは初めてだった。

「綺麗ね」

うっとりと空を眺めていると、シュルークの肩を抱き寄せたジェラルドが「え……」と小さく声上げた。なんだろうと思い彼を見上げると、いつか見た〝世界一の宝物を見つけた少年〟のような表情をジェラルドは浮かべていた。

「ルーの瞳は夜明けの光でも色が変わるんだな……」

「え、そうなの？」

驚いて目をぱちくりとしばたたかせた。日の出の中で鏡を見たことがなかったから自分でも知らなかった。

「満月のときより琥珀色も青色も薄い。透き通った湖の中にいるみたいで、すごく綺麗だ」

夢を見るような眼差しでシュルークを見つめていたジェラルドは、やがて吸い寄せられるように唇を重ねた。そして顔を離したとき、さらに明るくなった空の下でシュルークの瞳はただの琥珀色になっていた。

「青色が消えた……。ほんの一瞬なんだな」

けれどジェラルドは落胆などしない。もうすべてを知ったと思っていた妻の、新しい輝きを知れたのだから。

「やっぱりルーは神様の——今は俺の、宝物だ」

輝く新しい朝の光の中で、ふたりは見つめ合い笑みを交わす。

幸福はまだまだふたりに降り注ぐ、そんな予感を抱かせるような煌めく夜明けだった。

END

あとがき

こんにちは、桃城猫緒（ももしろねこお）です。このたびは『狼大公は偽物花嫁を逃がさない』をお手に取ってくださり、どうもありがとうございます。奇妙な運命に翻弄されたルイーゼと、一途でまっすぐなジェラルドの物語、お楽しみいただけたでしょうか。

物語の要でもあるルイーゼの不思議な瞳。ふたつの色が浮かぶこの瞳はアースアイといって実在します。ルイーゼほど顕著ではありませんが明るさによって色の加減が変わるアースアイの方もいらっしゃるとか。なんとも神秘的だなあと思います。

今回の表紙でも、イラストを担当してくださった八千代（やちよ）ハル様がルイーゼのアースアイを表現してくださいました。とっても綺麗で感激です！　表紙だけでなく全編にわたって美しく繊細なイラストを描いてくださり、嬉しい限りでございます。どうもありがとうございました！　そして最後に、この本に携わってくださったすべての方と、この物語を読んでくださった皆様に心より感謝を込めて。どうもありがとうございました！

狼大公は偽物花嫁を逃がさない

Vanilla文庫

2021年10月20日　第1刷発行　定価はカバーに表示してあります

著　者　桃城猫緒　©NEKOO MOMOSHIRO 2021
装　画　八千代ハル
発行人　鈴木幸辰
発行所　株式会社ハーパーコリンズ・ジャパン
東京都千代田区大手町1-5-1
電話 03-6269-2883（営業）
0570-008091（読者サービス係）
印刷・製本　中央精版印刷株式会社

Printed in Japan ©K.K.HarperCollins Japan 2021 ISBN978-4-596-01626-3